中国梦 劳动美

广州市职工新时代
文学创作优秀作品集

广州市总工会
编

中国工人出版社

图书在版编目（CIP）数据

“中国梦·劳动美”广州市职工新时代文学创作优秀作品集／广州市总工会编.
—北京：中国工人出版社，2019.1
ISBN 978-7-5008-7125-5
Ⅰ.①中…　Ⅱ.①广…　Ⅲ.①中国文学—当代文学—作品综合集　Ⅳ.①I217.1
中国版本图书馆CIP数据核字（2019）第020416号

“中国梦·劳动美”广州市职工新时代文学创作优秀作品集

出 版 人	王娇萍
责任编辑	李素素　时秀晶
文字编辑	白原远
责任校对	赵贵芬
责任印制	栾征宇
出版发行	中国工人出版社
地　　址	北京市东城区鼓楼外大街45号　邮编：100120
网　　址	http://www.wp-china.com
电　　话	（010）62005043（总编室）　（010）62005039（印制管理中心） （010）62382916（职工教育分社）
发行热线	（010）62005996　（010）82075964（传真）
经　　销	各地书店
印　　刷	三河市万龙印装有限公司
开　　本	710毫米×1000毫米　1/16
印　　张	13
字　　数	182千字
版　　次	2019年3月第1版　2019年4月第2次印刷
定　　价	39.00元

用劳动创造美好生活

“天地之大，黎元为先”。习近平总书记在党的十九大报告中指出，“新时代中国特色社会主义思想，必须坚持以人民为中心的发展思想”，“使人民获得感、幸福感、安全感更加充实、更有保障、更可持续”。

经过改革开放 40 年的发展，人民对美好生活的向往更加强烈，对更丰富的精神文化生活尤为渴望。顺应人民对美好生活的新期待，中国工会十七大报告明确要求在为职工做好物质服务、生活服务的同时，提供更高水平的精神和文化服务，要重视满足产业工人的精神文化需求。全国人大常委会副委员长、中华全国总工会主席王东明到中国工人出版社调研时，寄语出版社要集中力量宣传工人阶级，反映职工呼声，满足精神需求。

这一切，给广大工会工作者做好文化服务工作既指明了方向，也提出了新的更高要求。在尽情讴歌工人阶级风采、展现工会作为的新时代，广州市总工会通过读书俱乐部、网上阅读论坛、读书沙龙等职工读书组织开展形式多样的阅读分享活动，使职工书屋和各类读书角成为职工汲取新知、收获启迪的重要场所，以丰富多彩的群众性文化活动，为深入实施文化惠民工程、提升全市职工在文化建设中的获得感和幸福感提供了平台。特别是开展“中国梦·劳动美”广州市职工文学创作大赛，不仅是对多年来职工阅读活动成果的展示，更为进一步强化职工书屋文化育人功能提供了推动力和示范性。

本书辑录了“中国梦·劳动美”广州市职工新时代文学创作大赛中涌现出的优秀作品，既记录了奋斗在各行各业的职工成长故事，又讲述了广大职工通过劳动过上美好生活的真情实感，也从一个侧面反映了广州市在改革开放发展实践中取得的辉煌成就。有一句歌词唱得好，“灿烂星空，谁是真的英雄，平凡的人们给我最多感动”。她虽然是一部普通职工的作品集，却处处蕴含着中国工人阶级伟大品格和劳模精神、劳动精神、工匠精神，于无声处令人动容。

此书的出版发行，必将有助于激发广大职工在阅读中感受劳动美、在阅读中积淀正能量，营造劳动光荣的社会风尚和精益求精的敬业风气，从而为引导广大职工用劳动创造美好生活提供生动样本。这，正是工会出版的题中应有之义。

王娇萍
中国工人出版社党委书记、社长
2018年12月于北京

为劳动者歌唱

东风浩荡满目春，蓄势待发正当时。2018年，是全面贯彻党的十九大精神的开局之年，也是中国改革开放40周年。光阴荏苒，日月如梭，中国用40年时间，成为世界第二大经济体和全球举足轻重的政治力量，实现了从“赶上时代”到“引领时代”的伟大跨越。

“我爱我的国，我也爱我的家。”广州，是国家中心城市、国家综合性门户城市、国际商贸中心、国际综合交通枢纽。广州濒临南海，邻近香港、澳门，是中国改革开放的前沿阵地、中国通往世界的南大门，是粤港澳大湾区、泛珠江三角洲经济区的核心城市和一带一路的枢纽城市。而广州之繁盛，自然离不开一直为广州默默耕耘、虔诚奋斗的广大职工。

为全面贯彻党的十九大精神和习近平总书记视察广东重要讲话精神，展示广州在改革开放40年中取得的辉煌成就，讴歌广大职工当好主人翁、建功新时代的奋斗精神，展现工人阶级的伟大品格和时代风采，中共广州市委宣传部、广州市精神文明建设委员会办公室、广州市人力资源和社会保障局、广州市总工会、广州市文学艺术界联合会联合开展了“中国梦·劳动美”广州市职工文学创作大赛。大赛由广州市作家协会、广州市青年作家协会、广州市员村工人文化宫（广州市工会图书馆协会）承办，共收到全市100余家企事业单位的1000余篇投稿作品。大赛邀请著名作家、评论家、高校教授、文艺期刊主编及作家协会主席等15位专家组成评委会，对参赛作品进行评审。同时，发动全市职工通过“广州工会”移动客户端为入围作品点赞，共有超过35万人次参与网络投票。综合专家评审和职工网络投票结果，最终评选出各类获奖者。

笔者认为，参赛者紧扣时代、把握主题，纷纷以文字的形式展示各自所在行业或单位建设发展的新成就。有的赞颂劳模工匠和优秀职工争先创优、建功立业的先进事迹；有的讲述自身或普通劳动者立足岗位、默默奉献的感人故事；有的反映工会组织深化改革或工会干部关爱职工的典型；有的描述广大职工砥砺奋进的坚实脚步和对美好生活的无限向往……虽然体裁不同、题材不同，但他们力图用笔尖阐述“工匠精神”“劳模精神”的内在本质，致力展现“中国梦·劳动美”的精神风貌。

本文集精选广大职工部分优秀作品，以期抛砖引玉，希望全市各级工会和广大干部职工继续积极参加职工文化活动，展现新时代职工好形象，书写职工好故事，共同推进广州职工文化事业蓬勃发展；并进一步弘扬工匠精神和劳模精神，营造劳动光荣的社会风尚和精益求精的敬业风气，努力让各行各业劳动者增强职业归属感、提升劳动荣誉感。

在此，谨以此书献给改革开放40周年以来那些奋斗在各个岗位上兢兢业业、默默奉献的劳动者。也祝愿这些“向着梦想努力奔跑”的追梦人能够跑出“加速度”，将“工匠精神”“劳模精神”更好地传承发展下去，为增强广州城市软实力、筑建“幸福广州”添砖加瓦，同时为祖国的繁荣昌盛、伟大复兴注入新鲜血液！

谨此为序！

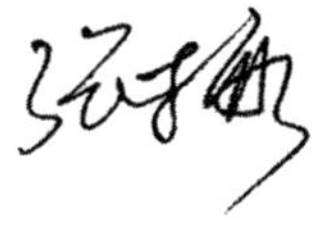

广东省作家协会副主席，广州市作家协会副主席

2018年12月1日于广州

目 录

Contents

诗歌篇

散文篇

杂文篇

小说篇

邱少梅 现供职于广州港南沙港务有限公司，系中国作家协会会员、广州市作家协会理事、广州市青年作家协会副主席、南沙区作家协会副主席。出版专著4部，分别是《好想有个孩子》《有一个港区叫南沙》《医魂》《凭栏处》。作品散见于《文艺报》《中国文化报》《中国艺术报》《羊城晚报》《人民文学》《时代报告·中国报告文学》等。获第三届《人民文学》“观音山杯”等各项征文奖。

大港梦圆

1

“找到快艇了吗？”李扬名着急地问高峰。

“李总，春节刚过，才大年初八，渔民们还在家休息呢。”高峰无奈地摇摇头。

“给高点价钱，重赏之下必有勇夫。”李扬名急得直跺脚，今天必须上岛看看，那沉箱能不能安装、怎样安装还是个未知数。

高峰又气喘吁吁地跑去找船。

刺骨的寒风刮过来，李扬名紧了紧风衣，赶忙躲进一家小食店坐下。

坐了10来分钟，李扬名感觉老板娘斜睨过来的眼神怪怪的，让他浑身不舒服。他随手拿起菜单，点了一碗姜汁撞奶。

李扬名冷得直打哆嗦，一碗热气腾腾的姜汁撞奶端上来了，他迫不及待地舀了一口送进嘴里。味道好像有点怪怪的，李扬名赶紧吐了出来，不敢再吃，生怕闹肚子。他知道上岛后找厕所是个大问题。

李扬名呆呆地坐了一个小时，高峰终于找到船了，他们赶紧三步并作两步地往码头赶。

远远望见一位瘦黑的汉子向他们招手吆喝着："上船！"

李扬名和高峰赶忙走过摇摇晃晃的独木桥，跨上了快艇，穿上救生衣。瘦黑汉子说一声"开船"，快艇的排气管冒出一股黑烟，伴随着轰鸣声，快艇如离弦之箭冲进海中心。

天色灰暗，偌大的苍穹如同罩上了一块幕布，暗黑、厚实。海上的风越来越大，风急浪高，快艇剧烈地颠簸。李扬名被颠得弹跳了起来，腰骨钻心地痛。海面上翻起了白头浪，快艇颠得更猛烈了，每翻过一个浪头，李扬名的腰就如同被针扎一下。实在没办法了，他只好跪在船板上，双手紧紧地拽住扶手。

高峰看着因颠簸而痛苦不堪的李扬名，非常地心疼，却又爱莫能助。

原本40分钟的船程却感觉走了一天，看到虎沙岛堤岸的那一刻，李扬名和高峰都莫名兴奋。李扬名慢慢扶着船舷站了起来，两个膝盖红肿一片，一瘸一拐地上了岸。

远远望见一个熟悉的魁梧的身影，"老丁，你这么早就上岛来了！"李扬名一看到丁南山，立即兴奋得好像与多年不见的挚友重逢一般，其实他们每周都见面。

"这么突然一喊，吓我一大跳！"丁南山故作镇定。两人相视，哈哈大笑，熊抱在一起。

李扬名是南方航运设计院副总工程师兼虎沙分院院长，负责虎沙港建设工程总设计工作。丁南山是南越港集团虎沙工程建设办公室主任，是虎沙港区建设工程施工现场总负责人。一年的时间，他们从最初合作时的各持己见、互不相让，到现在的惺惺相惜、求同存异，无论是外形还是合作关系，都如同水泊梁山的晁盖与吴用。

李扬名身材中等偏瘦，皮肤白皙，戴着一副金丝眼镜，儒雅斯文，说话慢条斯理，条理清晰，博学多才，专业水平高。

丁南山长得高大魁梧，国字脸上横着两笔粗黑的眉毛，外表粗犷，看似大大咧咧，内里却心细如发，说话风趣幽默，急躁时会情不自禁地爆几句粗口。

“老丁，用大沉箱是否可行？”李扬名眉头紧锁，显得异常焦虑。

丁南山点燃了一根烟，猛吸了几口，吐出一股白烟，呛得咳嗽起来。稍停，他抬头望了一眼灰色的天空，眺望着大海的远处，突然把手中的烟蒂扔向大海，大喊道：“只能看老天爷的脸色了。”

李扬名忧郁的眼神透过雾霾，看见大型钻探机朦胧的身姿上下扭动，心情忐忑。他似乎看到了希望，但也担心希望越大、失望越大。再过几天，全国专家研讨会就要召开了，如果钻探不到岩石层，沉箱安装不了，用原来的打桩方法，怎么可能按时完工呢？

2

轿车奔驰在路上。南越城被黑夜笼罩着，街市安静得出奇。行人零零星星，步履匆忙，一些路人蒙着口罩，宛如古代的夜行侠。一股股浓烈的醋味钻进车内及人的鼻孔里。车里的人也沉默不语，似乎各怀着心事。

车离开了灯火辉煌的市区，驶进了茫茫夜幕中。不一会儿，拐进一条上坡路，弯弯曲曲，车如斗折蛇行，穿梭于茂密的山林。路灯时明时暗，许多时候，轿车只能依靠车大灯那微弱的光线穿行于茂密的山林中。

车驶到了半山腰一家豪华酒店门前，停住了。司机小胡拉开了后车门，来自上海的王专家从车上下来了。丁南山从副驾驶位迅速下车，把王专家送到下榻的房间。

丁南山从酒店出来后，用力呼吸了两口，顿觉空气清新甘洌。登高望远，远处一大片亮光包围着蓝天山林。今天接来了四位港航界的专家，刚才的王专家是最后一位到的。明天的会议就在这家酒店召开，原定的七位专家只来了四位，但在这非常时期已实属不易，丁南山已经很知足了。此时的南越城正被一种不明病菌侵袭，而这种病菌无色无味，散布在空气中，已经有多例感染者经抢救无效死亡了。而且这种病菌在身上潜伏七天，刚发病时的症状跟普通感冒一样，一旦感染上了，没有特效药，离死神只有一步之遥。

但是，会议又不能不开啊！不开专家论证会不能擅自用大沉箱，码头前沿的工程就得停工。这可是政府的重点工程，而且早已经定下投产时间了，能说停就停吗？

丁南山想起第一次邀请专家过来时的情景，心里五味杂陈。当专家一听要来南越城开会，便吓得声音发抖，连说不敢去，不敢去！丁南山不得已只好跟有关部门协调，为此次会议大开绿灯，承诺：会议地点选在蓝天山麓的听涛居，由机场的贵宾通道上车，不在人群内停留。最后经过多方协调，才有四名专家勉强过来参会，另三名答应参加同步电视会议，报经交通部审批，总算把会议的事敲定了。

清晨的阳光穿过参差的幽篁，透过落地玻璃窗，投射到长条会议桌上那些鲜嫩的水果和怒放的鲜花上。听涛居就建在山坳里，一条水瀑沿着山涧蜿蜒而下，虽有一段距离，但仍然时有水花飞溅到会议室一侧的落地玻璃上，淙淙流水声构成了一首悦耳的奏鸣曲。这，是现代人的世外桃源。

丁南山和李扬名早已来到会议室，等候着四位专家的到来。来自上海的王专家第一个进来，丁南山和李扬名赶忙迎上去，王专家点头示意后，找了个角落位子坐下来。来自天津的杨院长也进来了，远远地举起右手摆了摆，就当打招呼了。青岛港航研究所的宋所长，大步流星地踏进会议室，径直找了个位置坐下，再欠欠身子，算是向各位问候了。大连的夏处长索性戴着口罩走进会场，随时提防着细菌的侵扰。丁南山和李扬名看着四名专家的奇怪模样，既可气又好笑，相互递了个眼色，显得相当无奈。

会议如常召开，另三位专家以及交通部的参会人员也出现在视频里。李扬名扶了扶眼镜，清了清嗓子，抛出了问题："虎沙一期码头四个 10 万吨级的泊位建设，按照常规建设时间必须得 4~5 年，但是遵照南越市政府的要求需要在两年半的时间内完成，打钢板桩或者应用 500 吨的小沉箱恐怕都完成不了。唯一的办法就是技术创新。"

李扬名喝了一口水，突然把声音提高了八度："我们得研究应用 1000 吨以上的大沉箱是否可行。"

"开什么国际玩笑！南方的航道都是淤泥，怎么可能应用大沉箱呢？"上海的王专家首先发难，一口吴侬软语显得阴阳怪气。

"如果航道中有硬质岩层，还是可以用大沉箱的，但需要下挖到多深呢？最好在 25 米内能够找到足以支撑大沉箱的岩层，否则只能是一个美好的设想。"身材高大，快人快语的宋所长有着山东大汉的刚烈个性，直接指出问题的关键所在。

"能挖到岩层才行啊！难道挖到地核去？"夏处长小声嘀咕着，仿佛在自言自语，从蒙着口罩的嘴巴里吐出，更是细如蚊鸣。

"我来介绍一下现场的施工情况。现在已调动多台勘钻机日夜轮番工作，目前已钻探到 18 米了，很快就可以知道结果了，我们拭目以待。"丁南山正说着，桌上的手机忽然发出"突突突"的震动声。

丁南山拿起手机，翻开盖子，"喂"了一声。他跟手下说过，在开会期间必须是非常紧急的事情才能给他打电话。丁南山接听电话时，面部的表情也随着变化，刚开始非常严肃，然后略显紧张，最后眉开眼笑。合上电话的那一刻，丁南山兴奋地吼出声来："大好事！大好事！"

原来，现场施工队向下挖到 18.5 米时发现了砂岩，应用大沉箱的问题便迎刃而解了。

听到这个好消息，李扬名竟然流下了激动的泪水，眼镜片蒙上了一层白色的水雾。他摘下眼镜，一边擦拭镜片，一边感叹道："这是老天爷给南越人民的一个大惊喜！有谁料到堆满淤泥的银沙水道竟然会有砂岩呢！"

接着研讨的是可以应用多大的沉箱做岸线泊位的问题。经过一番唇枪舌剑，计算推论后，最后达成共识：可以用2000吨的大沉箱。

3

安装第一个沉箱时，丁南山几天几夜合不上眼，一直在施工现场坚守着。

沉箱从"虎沙号"浮船坞出运时，缆绳由于受力不均匀突然断裂了一根，"啊！"在场的所有人员都发出了惊叫声。丁南山登时被吓出了一身冷汗。

在设计室的李扬名听到消息后再也坐不住，赶快带着四航局的专家坐快艇直奔虎沙岛。李扬名右手扶着腰，三步并作两步地走到岸边。李扬名看着这个在海中晃荡的"庞然大物"，冥思苦想起来了：断缆是因为晃荡，晃荡是由于沉箱灌水引起的，而沉箱又是密封的……李扬名调动了所有的脑细胞力求想出个所以然来。

忽然，李扬名一拍大腿，想到了一个好办法：在沉箱底部安装一个止水阀，在合适的位置设置拉环，灌水时可以打开阀门，让沉箱的水平面保持平衡、稳定，再进行安装调整。

在一个潮汐来临的黄昏，"虎沙号"浮船坞从预制场缓缓驶来，沉箱开始灌水下沉了，技术人员把止水阀打开，缆绳被轻轻放下，在拉环处调整缆绳的上下长度，待沉箱的水平面保持平衡、稳定时再进行安装、调整。经过多次调整，终于安装成功，没有再出现断缆险情。

丁南山刚喘过气来，就感到腰酸背疼，喉部干涩发疼。他想着休息一下就没事了，就回到银沙八冲的宿舍。

“主任，您没事吧？”宋思微看到丁南山脸色发青，便关切地问道。宋思微是水工工程师，整个团队唯一蹲守建设现场的女性。她瘦高身材，眉目清秀，一头干练的短发。

“感觉有点累，可能这段时间没休息好。”丁南山匆匆吃过晚饭，就回房间休息了。

第二天起来，丁南山感到浑身发烫，头重脚轻，他知道自己发烧了，给下属交代了一些工作，就到银沙卫生院去了。

丁南山斜靠在长凳上，凳子旁立了个三角架。针液从架顶顺着针管流进丁南山的血管。丁南山嫌其滴得太慢了，自行调到最大。被护士小姐发现了，“这个是抗生素，滴得太快会有危险。”护士小姐批评了丁南山，又调回原来的速度。

此时，丁南山的手机响了，他一看是张局长来电。

“老丁啊！赶快准备一下，我陪林市长刚从南越城出发，在半路上了，估计一个小时后到，你得好好介绍一下港区的建设进度啊。”

“好，好，张局，我就来。”

“姑娘，能否帮我把针拔了，针液封存着，我今晚过来继续打？”丁南山用近乎哀求的语气跟护士说。

“哪有这样打吊针的，就你的事多。”护士一顿抢白，不再理他。

“那怎么办？林市长快到了。”丁南山暗暗叫苦。在护士低头配药的当儿，丁南山偷偷把针头拔了，用刚才偷偷留下的棉签按着针孔，拔腿就跑。

身后响起了护士的叫喊声。

4

风起云涌，台风“杜鹃”正以雷霆之势横扫珠江三角洲。据省气象台预测，“杜鹃”的中心风力达到了14级，是1979年以来影响珠三角地区最强的台风，如果它在珠江口登陆，正在施工的虎沙岛将处于风暴中心，后果不堪设想！

接到台风预报后，刚在市里开完会的丁南山和刘军立即驱车赶往银沙八冲建港指挥部方向。

台风的速度太快了，一下子掀起了狂风暴雨，雨如瀑布般倾泻下来，把车的风挡玻璃盖得严严实实，雨刮的速度远远跟不上。整条路白茫茫一片，看不清。风如鬼哭狼号般吼叫，路两旁的树木被连根拔起，一棵接着一棵地倒下。刘军紧握方向盘，感觉车侧向右方，随时有倾翻的危险。

一条双向两车道的路，回南越城的方向已排起了长长的车龙，只有他们这辆车逆向而行，开往银沙。握着方向盘的刘军越开越紧张，直视前方，腰板绷得笔直，大气都不敢喘。平时喜欢开玩笑的他，此时也神色凝重：前方等待着他俩的将是什么呢？

后座的丁南山也沉默不语，他要思考的东西实在太多了，虽然早已安排船只把虎沙岛上的施工人员接回银沙避风港，落实得如何得亲眼看看才放心。突然，丁南山的手机响了，来电者是市建设指挥部的余总指挥。

“老丁啊，如果不对劲就撤，有责任我来担，安全第一。”余总指挥的话无疑给了丁南山一颗定心丸，在这种情况下，他足可以掉转车头就跑。刘军把车停下来，疑惑地看着丁南山，眼神仿佛在问：是继续前行还是撤退？

“继续向前开吧，得把施工人员安置好。”丁南山不假思索，显得出奇淡定，脸上现出了“视死如归”的凛然神态。

银沙的风似乎比其他地方来得更猛烈些，站在“海皮”的丁南山被风刮得几乎站不稳脚。

“报告主任，全部人员得以安全撤离。”

“好的，辛苦了。”丁南山对汇报人员点了点头，眼睛望着远处——海中的虎沙岛，眼神写满了忧虑：所有施工设备还留在虎沙岛上，来不及迁移。

晚上，建港办的人员躲进了建港指挥部。说是指挥部，其实就是一幢三层的村屋。银沙村屋天台安装的铁棚顶，大都被风掀起、刮跑了，电线杆也大都折断了，到处漆黑一片。就着微弱的烛光，听着室外鬼哭狼号的风声，别提有多可怕了。夜半时分，雨下得更加猛烈，透过紧闭的门窗倒灌进室内。

正当大家齐心协力地清理倒灌水时，丁南山的手机又响了起来。他接听后，高兴得手舞足蹈："'杜鹃'在距离虎沙岛十公里处拐了一个弯就跑了，我们安全了！设备安全了！"

5

夜已深沉，银沙墟镇上漆黑一片，只有零星几户人家的窗户透出微弱的灯光。

虎沙设计分院所在地的村屋却灯火通明，李扬名带着几个年轻设计师正在挑灯夜战。虎沙港工程所需的图纸按照常规速度起码得一年时间才能够绘制完毕，但为了赶工程进度，几个月就得设计完毕。李扬名他们只得加班加点，没日没夜地干。每天两点一线连轴转，从办公室到虎沙岛再到办公室，李扬名已经有两年不着家了，基本放弃了所有双休日和节假日。

与轰轰烈烈的现场施工指挥工作不同，设计工作更多时候是"孤军作战"，更需要设计人员坚守初心。幸好，李扬名是个耐得住寂寞、甘当"幕后英雄"的人。没有牺牲奉献精神，当年长江口、渤海湾、海南岛等多个国家级大型海港的设计又怎么可能顺利完成呢?

室外鸡鸣一遍，李扬名抬起头来，转了转僵硬的脖子。正想起来上个卫生间，忽然感到大腿根部抽拉着疼，想着应该没啥大碍，赶完这几张图纸再回南越城看医生。

这天，完成最后一张图纸的李扬名长吁了一口气，摘下眼镜，双手环在脑后，靠在椅背上。人放松下来后，感觉大腿根部更疼了。

高峰把李扬名送到居住小区的停车场，李扬名便让他回家了。李扬名按下电梯楼层按钮，红灯亮起，电梯门缓缓打开。李扬名猛然想起太太今天不在家，便掏出钥匙，拧开房门。回到久违的家，他的心情非常激动，迫不及待地踏进家门。谁知开门后走了三步，便“啪”的一声重重地摔在地上，眼镜也被摔坏了，浑身像散了架似的疼痛。手机一下子摔出老远，恰在此时手机响了起来，李扬名趴在地上动不了，手怎么挣扎也够不着手机，只得干着急。

“李总，您怎么会这样啊？！”高峰从门外惊叫着。幸好高峰是一米八的大高个儿，他蹲下身来把李扬名往背上一拉，就拼命往医院赶。原来高峰放心不下李扬名，正打电话询问他的情况，看好久没人接，怕他出事，赶紧上来看看，幸好门还没关上。

躺在病床上的李扬名，心里五味杂陈。检查的结果出来了：严重的腰椎间盘突出，需要立即做手术。可是，这手术一做就得在医院躺半个月，前方的工程怎么办？倘若不做手术，他根本动弹不得，照样影响工作，更何况每天晚上痛得彻夜难眠。

手术后李扬名从昏迷中苏醒过来，头依然眩晕，麻药的功效仍在持续着。窗外已漆黑一片，朦胧中看到面前有两个人影晃动。

“李总，您醒了？”李扬名这才认出是年轻的工程设计人员何焕波和崔华，他们已在医院守候了整整一天。

“李总，这些文件赶着请您批阅，否则……”何焕波抱着厚厚的一沓文件站在他的病床边，抱歉地说。

李扬名示意他摇高床靠，忍着术后的痛楚，二话不说便接过文件。

6

“主任，不得了了！大楼工地现场吵得不可开交，要打起来了，您得回来主持大局啊！”丁南山一大早便接到刘军的电话，工地现场十万火急。

这样的情况，丁南山遇到过不止一次。他清楚地记得当时水工、吹填、回填、软基处理几项工程同时进行，岸边停靠着二三百艘船，为了赶进度，谁也不让谁。协调会上，各工程项目负责人个个都说得理直气壮，各为其主，大家都想尽快按工程进度完成任务，有时连监理公司及业主代表都会加入争吵的行列。丁南山认真听取各方意见后，以他的经验和判断力一锤定音，把工程项目看成一个有机整体，抓住关键工程，让每个工程项目做到无缝衔接。他的决定往往让各项目经理心悦诚服，因为他处理问题时遵循公平、公正的原则。久而久之，丁南山成了工地现场的定海神针。

丁南山伸手往衣架上取外套，因力气不够，衣服滑落到了地上。这下，惊动了丁太太。

“南山，你不要命了啊！昨天才出院，今天就想着去工地。医生嘱咐最起码得休息三五天的。”平日温柔贤淑的丁太太板起了面孔。

阑尾炎手术后的丁南山身体极度虚弱。但，此时此刻，不容他有任何的犹豫和退缩。最后，他在家人的搀扶下坐上汽车直抵工地现场。

正在兴建的办公楼前，两队工人正在争吵不已，个个手执铁铲，剑拔弩张。刘军站在两队的中间，两手用力按着双方的工具，害怕双方真动起武来。丁南山从车里艰难地挪出来，往现场一站，虽然身子虚弱，但威严不减，锋利的眼神扫过在场工人的脸，所有人立即噤声。

原来，办公楼前有个小台阶，一施工队要挖开埋线，另一施工队要填土铺砖以确保按进度完工。了解情况后，丁南山把铺砖的进度推后两天，让埋线的一队抓紧施工，当场平息了争吵。

见到办公大楼的框架结构完工了，丁南山迫不及待地进去察看了首层，因首层与二层结构不同，便又艰难地登上二层，每上几个台阶就得扶着栏杆大口喘气。到达二层时，丁南山身体直冒虚汗，汗水把衣服都浸湿了，双腿发软再也走不动了。

7

时近中秋，南越城仍然受秋老虎的掣肘，毫无遮挡的虎沙码头热浪滚滚，地面温度足以煎熟鸡蛋。

与当天的炎热天气相呼应的是堆场正在进行的开港投产庆典。堆场的四周、主干道都插上了彩旗。主会场搭起了一个舞台，舞台的两旁放满了花篮，两队醒狮一左一右上下腾挪，锣鼓喧天。舞台下站了十个方阵的观众，每个方阵穿着统一的服装。舞台上坐了两排嘉宾，都是来自省市和南越港集团的领导。

“我宣布，南越港虎沙港区一期正式投产！”现场响起了南越市长雄浑有力的声音。话音刚落，礼炮一响接一响在空中炸开，一个挂着红绸的集装箱踏着鼓乐声冉冉升起，五色彩纸飘飘洒洒，如仙女散花一般。台上，省市领导接过礼仪小姐的金剪，“咔嚓”一声，彩球应声跌落金盘。台下，十个方阵的观众汇成人浪，欢呼声淹没了整个港区。

丁南山趁着大家兴奋的当儿，从主席台的后排溜到舞台的后面，掏出一根烟点上，忍了好久的烟瘾发作了，迫不及待地独自吞云吐雾。

“老丁，你该上主席台受表彰啊！怎么躲在这里抽烟？”李扬名坐得腰骨疼痛，赶快离开会场溜达溜达，刚好看到丁南山偷跑出来过烟瘾。

“老李，真正的英雄都是幕后英雄啊！”

“老丁，我当惯了幕后的，无所谓。你可要在镁光灯下显露伟岸形象啊。”李扬名禁不住打趣起丁南山来。

“呸！这个港区先后有一万名兄弟不分昼夜地挥洒着热血和汗水，功劳是属于他们的。”此时的丁南山神情异常严肃，每一项大工程的背后确实需要许多无名英雄默默地付出啊！

两三年的相处、合作让两人相知、相惜，丁南山和李扬名互搭着对方的肩膀，望向远处的大海，眼神异常复杂——圆了一个大港梦，下一个梦会在何方？

唐承斌　现供职于广州钢铁企业集团有限公司，系荔湾区作家协会常务副主席、广州市作家协会理事、广东省青年产业工人作家协会会员、广东省小小说学会理事、广州市职工艺术家。在《羊城晚报》《工人日报》《湖南教育》等数十家报刊发表作品约 20 万字。著有长篇科幻小说《梦幻天堂》，多篇作品入选中学生教辅。

一块耐火砖的婚事

从生产厂出来后，你棱角分明，一身淡黄色的衣服让人觉得特别尊贵。听说你准备出嫁了，嫁到哪里？你不知道，婚车是密封的，跟密封的花轿一样，你只能矜持地坐在里面。也不知道过了多久，车停了，你被人捧下来，跟被人扶着下花轿的新娘一样。

“好漂亮的耐火砖。”听到夸赞，你心里泛开了花。你被搬上焦炉，放到一个小仓库里。旁边的炭化室持续不断地向你释放爱的热量，在这里，你找到了家的温暖。

你正高兴呢，仓库门关了。屋里漆黑一片，你只好闭上眼睛假装睡觉。

也不知道过了多久，门开了，几个人来到屋里，围着你聊天。

“26 号炭化室出现熔洞，已发展到 6 火道，情况比预计的要严重。”一位 50 来岁的高个男人神情严肃，跟战斗打响前的指战员一样分析形势，“有几块炉墙砖已经松动。炉体严密性变差，如果处理不当，会增大推焦阻力，甚至导致炉墙倒塌。”

“班长，情况这么严重，要不要吊顶翻修？”一个20多岁的小伙子看着高个男人问。

班长摆了摆手，斩钉截铁地说：“不，咱们还是坚持‘能小修不大修、能干补不湿补、能热修不冷修’的焦炉维修三原则。我认为不需要吊顶翻修，咱们还是用半干法喷补和热态塞补相结合的方法吧。你们去准备材料，我再跟调度联系一下，让他协调各工序配合咱们的工作。”班长下达完指令，马上拿出对讲机呼叫调度。

你和另外几块耐火砖被搬到了炉台，坐在26号炭化室旁边，在炉火的映照下，你打量着班长。他穿着深蓝色的工作服，上面沾了一层黑色的灰尘，头上戴着严严实实的防护面罩，鼻梁上架着防护墨镜，一个大口罩遮住了他的大半张脸。他接过助手递过来的大半桶耐火泥料仔细看了看，又拿起你和另外几块耐火砖比画一番。

助手把炉墙的石墨和破损的衬砖钩下来后，班长盯着炭化室的熔洞沉思片刻，转身拿起两块耐火砖去切割。等他回到炉台时，手里捧回三截切成不同形状的砖头。

他用特制的长铁铲夹起一块耐火砖，慢慢地往炭化室里面送，填补到大熔洞里。

“成功了！”他两眼放光，向助手送去一个会心的微笑。

长铁铲又夹起一块耐火砖往炭化室送，可是这块砖仍然不是你。你急得哭了，伙伴们嘲笑你在哭嫁。哼，哭嫁就哭嫁吧，要是哭几声就能把自己嫁到合适的地方，从此过上幸福的生活，那也是值得的！你气鼓鼓地回击着别人的嘲笑。

班长好像听到了你的哭诉，他夹住你，小心翼翼地送往目的地。炭化室的温度真高呀，你感觉特别舒服。是的，你是耐火砖，天生不怕热，这一点跟别人不同。

你被特制的长铁铲紧紧拥抱着，十几米长的铁铲握在班长手里，你有点担心，担心他的手会发抖。这通往熔洞的路，可全靠他两只手平稳护送呀。你暗暗祈祷：千万别掉下去，千万别掉下去！要是掉下去，我这辈子可就毁了。

你战战兢兢，心提到了嗓子眼儿。近了，离熔洞更近了！别急，千万别急！你大声呼叫着，鼓励站在炉门外面操作的班长。

不好！班长似乎没听到你的声音，他的动作好像变快了，你吓得尖声怪叫，身体剧烈抖动，忍不住又哭了起来。

他那么多儿子，我该嫁给谁呢？你心里惴惴不安，却又掩饰不住内心的激动。只听见“啪”的一声，没等你反应过来，你已经稳稳当当地坐在熔洞里面了，跟前面进来的两块耐火砖完美地垒在一起。接下来，班长又把刚才加工过的三截砖头先后送了进来，你们竟然奇迹般地契合在一起，把熔洞完全封住了！

“噗噗噗……”铺天盖地的耐火泥浆往熔洞喷射过来。你拼命睁开眼睛，看到班长拿起喷枪，打着与拍挡预定的手势——风小点、风大点、转速快点、转速慢点……拍挡按照他的要求不停地拧着水压控制器，他们就这样在炉台上一站就是两个小时。由于温度实在太高，他换掉了一个被烤得变了形的有机面罩，扔掉了两双着了火的手套。

熔洞慢慢消失了，砖缝被彻底抹平，你跟炭化室完全融为一体，满面红光，浑身是劲儿。你欣喜地发现，你的生命，你的事业，你的一切，都变得红红火火了。

蒋晚艳 现供职于广州某纸品有限公司，系广州市作家协会会员，《香雪》文学杂志编辑。从事印刷工作二十余年，工作之余热爱写作，散文、短文、随笔等常见诸国内各报刊网络媒体。

晓露跟单

1

“杨晓露，明天，办公室跟单！”

统计员晓露正紧张忙碌地计算“广州”“深圳”“中山”等各条线出货数，迎面而来的人事部杜经理撂下这句话就走，包装组同事齐刷刷地盯着晓露，晓露暗想，“糟了，他终于开始报复我了。”

11天前，晓露进厂时的情景还历历在目。

8月的广州火辣辣地热，东奔西跑了半个月，工作还没着落，正午，晓露蜷在天河棠下工业区一电子厂的围墙角，整个人像爬满蚂蚁的枯树，麻木、绝望又孤独无助。

“本厂招普通员工，初中以上文化程度，女性，身体健康……湘锋五金厂”，正难过时，眼角闪过一道白光，只见电子厂转角的电线杆上贴着一张招工启事，晓露走近看，斜对面正是“湘锋五金厂”。

她沿着招聘提示“咚咚咚”地跑向五金厂二楼人事部，面试官圆圆的脸白胖白胖，一看就是常坐办公室的，晓露脑海里奇怪地闪了一下，“如果我也能坐办公室多好！”

“哪里人？叫什么？多大？”面试官与晓露隔着桌子相对而坐。面试官身体轻微摇摆，稍倾斜，没抬头，有些漫不经心。

“身份证都写着还问。”晓露心里这样想口头却铿锵有力地答，“杨晓露，19岁，湖南人。”

“文化程度？”面试官的声音从鼻腔挤出来。

“高中。”

“高中？”面试官终于抬头，从上到下看了一遍晓露，然后，不紧不慢地翻桌上的一堆纸，“毕业证呢？”

“没毕业证……”高三会考后来不及拿毕业证就出来了，半个月的流浪已经让晓露后悔莫及，但人家问得实事求是答，晓露声音轻微，无地自容。

“没毕业证谁相信你是高中生？”面试官略显不耐烦，轻蔑的口气明显透着两个字，“瞎扯”。

“你可以考我！”晓露急中生智，心想，注重文化的工厂肯定不错，一定要进这个厂！

“好，考！”面试官“咚”地站起来，气息扑到晓露面上，温热得让人反感。

“阿芳，纸，笔！”

“杜经理，给您。”

两个人一问一答，晓露算摸清了人事部底细。面试官姓杜，人事部经理。阿芳，人事部文员，相当于杜经理的助理。

近三个小时，晓露完成了杜经理所有物理、化学、数学、语文、英语的考试。

杜经理阅卷，晓露坐在角落等，等得心里小兔乱撞。

“嗯，你是高中生！”半小时后，杜经理开口。

晓露绷着的神经像腰际脱了松紧带，整个人轻松起来。

“但是……”没等她轻松片刻，杜经理又拖着长声转折，眼睛直盯晓露，“我们不收人了，这次人数已招够，下次需要通知你。”

像被人扇了一巴掌，晓露难受、委屈又愤怒，眼里噙满泪水，站也不是坐也不是。

晓露心想，“不行，不能这样放弃，他考了我的。”沉默了一会儿，晓露忽然脱口而出，“不招？不招你贴什么招工启事？招满了你还考我干什么？你考了我三个小时，我的时间不是时间呀？我考过关了，你堂堂一个经理却说话不算数！下次通知？一没电话二没地址，你怎么通知？不管了，我就在这里，今天不走了！”

杜经理和阿芳被晓露惊得一愣一愣的，晓露不看他们，心想干脆豁出去了，噼里啪啦说完，又“咚”地重新坐下，“不行，不能硬碰硬，命运被他掐着呢！”晓露声音变柔和，还满带真诚，“杜经理，只要您让我进厂工作，我一定会努力刻苦。”

说完，晓露是膨胀的，也是空虚的，如昂首的向日葵立在淅沥的雨里：“我在外面等，身份证就放这里了。”晓露走出人事部，轻轻带上门，脸上有视死如归的坚定，也有飞蛾扑火的决绝。

没多久，杜经理手拿入职通知书走出来：“杨晓露，明天上班，成品部包装组，计数。”

进厂 11 天，晓露像珍惜生命一样珍惜这份来之不易的统计工作，其间她没再和杜经理打过交道，偶尔杜经理路过包装组，就犹如一阵冰凉的风拂过，风里有杜经理本身的重量，更有杜经理对晓露的恨之入骨和不屑一顾。此刻，杜经理却通知她，明天进办公室，跟单！

进厂数日，晓露听说也验证了跟单在工厂是神一样的工种，十几位跟单姑娘个个白皙高挑、能说会道，她们有专业、有阅历、有权力，也有财力，跟单组长相当于工厂主管，跟单员类似车间领班，但凡五金厂员工都知道，进办公室跟单就像20世纪80年代的农村娃儿进大学学府，从此跳出农门。

可以说，办公室跟单是晓露想都不敢想的，她杨晓露是农民的女儿，原本不白的脸蛋儿因为半个月流浪，红得发黑还星星点点，所以，她觉得那些整天在车间来来往往、趾高气扬的跟单姑娘像仙女一样，遥不可及。

2

否定、肯定，点燃、熄灭……晓露彻夜无眠。

第二天，早早打了上班卡，端坐包装组，晓露表面淡定，内心期待着。

终于，上班铃响。好一阵后，跟单童经理、工厂张总管和杜经理一齐来到包装组，像花一样护在包装台，他们似乎在看晓露，又似乎在互看你我，晓露头不敢抬。好大一会儿，漂亮的童经理终于拍了晓露的肩，温和又妖娆地说："杨晓露，跟我走！"

吊着的心算落了地，晓露紧跟高层领导，飘进办公室，像做梦一样。

跟单办公室宽敞明亮又宏伟，三面为白色到顶货柜，另一面货柜上部是透明玻璃，正中间摆了张白色方形大木桌，桌子四周竖着十多张棕色皮椅，跟单姑娘有的埋首写字，有的在货柜翻东西，透明玻璃清晰地透着里间的总跟单室和童经理室，室内几台电话正"丁零零"接二连三地响。

"你坐这里。"童经理把晓露按到方桌里边的椅子上。

"跟单员跟好单，财务室才有钱发工资。"杜经理紧接童经理的话，直盯晓露，意味深长地说，"杨晓露，你一定要努力认真。"

"好！"晓露回答，不好铿锵，也没轻微。

"同志们，这是新来的晓露，今天起接班跟五金。"童经理双手一拍，

“停住各自手头工作，来，认识一下。”

“大家好，我叫杨晓露，以后多关照。”在亮丽的跟单姑娘中间，晓露粗俗得有点难为情。

“晓露，A 组组长付小姐，五金跟单苏小姐，以后你要听她们俩的安排。”童经理说完右手拇指和食指做了个“OK”手势，“咚咚咚”地回了经理室。

“杨晓露，加油！”张总管也笑着走了。

“晓露，五金片我只是名义上签名，完全不懂，具体你听苏小姐的，开单要细心，不要出错，苏小姐，你要好好教晓露！”付组长交代完，去忙了。

跟单同事礼貌性地招呼后都各忙各的，似乎，晓露没有她想象中的受欢迎。

“你来我就解脱了，之前来过三个五金跟单员，十天半月都走了，我跟了三个月，又累又苦又烦躁，也受不了了，已递交辞职书。”苏小姐告诉晓露。

“难道杜经理真是小心眼儿，让我掉进坑里？既来之则安之，我就不信跟五金能辛苦过湖南老家搞双抢收水稻！”晓露心怀疑虑。

听苏小姐讲解，晓露初步了解了办公室五金跟单。

工厂产品：五金、商品、皮具三大类，主打丝印商标，五金皮具附带，跟单三个组，五金归 A 组，皮具纳 C 组，每组四个跟单员，C 组长懂皮具，A 组长不懂五金，五金跟单员苏小姐，已辞职，等批。

跟单流程：接单、查存货、开单、派单、跟进度、跟质量、出货。另外，大部分五金产品要发外电镀，五金跟单比其他跟单多了与供应商电镀厂的接触。

跟单职责：及时开好生产指令单，随时跟好产品质量进度，定时向香港公司传真汇报生产进度，适时与各车间主管领班协调生产，随时应对香港公司各领导各客户各业务员的进度咨询。

“重视五金片的人很少，香港总公司或客户催货，我只有急、哭，几乎每天都要自己挑五金片。”苏小姐告诉晓露，老板为省钱，相同电镀工艺的产品都混着镀，镀好再挑选分开送货；钢铁铜又重又油又脏，操作不安全、做不快、没奖金，工人都不想做；组长不懂五金，单开错全是五金跟单员的错，错了要罚款，上个月她被罚一百多，工资一天才八块。

“八块？计数四块！”晓露心底放光，面没表露。

好的不好的说了一大堆，苏小姐开始教晓露开单，也教晓露如何跟香港公司沟通、如何应付客户电话等，最后，端来两本四开大的厚样本，说：“这是部分五金样品。”

跟单第一天，千丝万缕，从早上到中午，从中午到下午。晚上，晓露在宿舍写日记，“杨晓露加油，好不容易进了办公室，要好好刻苦，好好坚持！”

合好日记，晓露拳头紧握。

3

第四天，苏小姐出了厂。

前三天有苏小姐顶着，晓露很清闲，可苏小姐一走天就塌了，晓露如蹒跚学步却无人搀扶的婴儿，孤独、软弱、无助、恐惧。

“512 不锈铁”“858 电池片”“314 铁片”……旧单不停被催货，新单源源不断来，产品不熟、工艺不熟、要求不熟、客户不熟，旧单跟不出，新单开不出，电话不敢接，催货应付不了，像看戏一样看其他跟单员忙碌，晓露坐在一堆五金资料中间，如木头般茫然。

“8922 不锈钢片，急，去成品部跟！”第四天中午，周总跟单递给晓露赶货传真，晓露心里七上八下，8922 不锈钢片长啥样她都不知道。

“林主管，这个很急，帮忙安排。”包装组属成品部，四天前晓露还是包装统计员，对林主管熟。

“不是在做吗！”原本和蔼的林主管在晓露进办公室后像变了个人，很应付，不友好，还非常鄙夷，“跟单员不识货，跟什么单？”

确实是自己不懂，晓露红着脸像跟屁虫一样跟着林主管。

“唉……”林主管被跟得不耐烦，“第二台！手啤机！”

晓露火速来到主管所说的位置，机台是有一堆不锈钢，但没人操作，她又火急火燎地跑到主管面前，“为什么停了？这个明天一早一定要交”。

“工人去上厕所啦！”林主管非常生气，“明天交齐？订单数量几万，一个产品五六道工序，明天怎么可能交齐？白痴！”

又羞又不敢恼，晓露灰溜溜地回到办公室，眼泪哗哗地流，原来，真如苏小姐所说，五金跟单如履薄冰、步步惊心。

跟单同事都去了车间，偌大的办公室里，晓露软弱得像雨天黄昏的蝴蝶。

“晓露，电话，太盛梁生！”

“晓露，订单，盈丰电子！”

“晓露，传真，香港催货！”

“晓露……”

办公室赵文员一次又一次叫晓露，叫得晓露一个头两个大。

“要尽快弄熟弄懂产品！”当晚，晓露在办公室写下工作计划。

1. 背熟钢铁铜密度、精确核算订单用料。

2. 做一款整一款样品，保证样板的正确性和完整性。

3. 整顿存货，不能浪费，充分利用库存。

4. 跟好每个单，对任何客户任何人的咨询都要对答如流。

5. 认真负责，精准跟踪发外电镀产品。

6. 机智灵活，与各部主管处好关系。

工作条款后面，又用红笔圈着，“晓露，工作要‘忙而不乱’‘累而不烦’‘苦而不怨’，做什么事，要么不做，要做就要做好！”

4

“晓露跟单后，咱们的五金生意好了很多呢！”两个月后，付组长说每次跟单组长开会，张总管都以表扬晓露开头。

晓露忙得像陀螺，没时间去想也不在意组长说的是真还是假，总之，她白天上班忙跟单，晚上做梦也忙跟单，新单越来越多，旧单越积越厚，晓露用自己全部的力气和智慧，也没法把香港公司、各客户、各上级要求赶的五金订单全部及时赶出来。

不知道从哪天开始，工厂流传有关晓露跟单的歌谣：“杨晓露，五金片，真讨厌！”

屋漏偏逢连夜雨，外发电镀的五金片也不及时回厂，一个中午，同事都还没上班，晓露提前跑到办公室，拨通电镀厂电话：“你好！赖经理！”

“你好！”话筒传来浑厚的男中音。

“我是湘锋五金厂的，我们的电镀产品什么时候送到？”内忧外患，对供应商，必须先占主导地位。

“什么产品呀？”对方不紧不慢。

“都火烧眉毛了你还不知道什么产品？”晓露提高音调，近乎怒吼，“前天我亲自送到你厂，一再交代今天上午务必送来，现在都要下午了！”

“你要找谁呢？”对方继续慢吞吞。

货要赶在下午六点前香港报关，挑选还要花时间，对方的慢性格把晓露气疯了，“你是赖经理还是翟主管？怎么这么不负责任！是不是又想让我厂自提？你们这习惯可不好，继续这样，结账时我让财务扣你们运费！”“别这么急嘛！”对方语速越来越慢，还带着明显的挑逗，“你知道我是谁吗？”

“管你是谁！”晓露想过要有风度，但时间不等人，“现在快中午一点，下午两点前我必须收到货，否则我十多个工人挑选产品的工时费全部由你厂承担！”晓露气急败坏，没让对方有反驳的余地。

对方安静了一会儿，“传闻机灵聪明的五金跟单杨晓露，还没听出我是谁？”

“你是谁不重要，重要的是你们要及时送货！”遇赖皮，晓露很窝火，持续发飙。然而，生气归生气，货没送到不踏实，晓露把声音稍微放低、放平和，“您是赖经理吧？赖经理，我的产品一定要在下午上班前送到，我今晚一定要香港报关，五金产品虽少，但和五金配套的其他生意不小，延时交货客户是要我厂负责的。”

晓露努力克制怒火，期盼对方的满意答复。

“杨晓露，真还不知道我是谁？”话筒传出的依然是这句话。

不对，电镀厂应该不敢这样怠慢自己。晓露冷静下来，“您新来的？赖经理回台湾了吗？翟主管没上班？请您帮我转告他们，湘锋五金厂的货，急！急！急！”

“唉，杨晓露，”对方慢悠悠地拖着失落的口气说，“我不是赖经理，也不是翟主管，我姓黄！”

“您好，黄先生！我的货确实急，您要将心比心，要急我所急！”管他新人旧人，给我赶货的才是好人，不管姓黄还是姓绿，货出不来姓王也不行，晓露恼怒地想，跟一个无关紧要的人瞎纠缠这么久，简直浪费脑细胞，得尽快结束这种没用的对话。

但对方没有放下话筒的意思，“晓露，我是你们的最高人物！”

对方一字一顿，语速缓慢而有力。

晓露没反应，也不想、不屑、不管、不顾反应。

话筒沉默，像黎明前的夜。

很快，一声长叹袭来，失望冲击着晓露因生气而发烫的耳垂：“杨晓露，我叫黄 DC，我是董事长！”

“董事长？”晓露一声惊吓，双手发抖，不知道怎么接话。

“收货！电镀厂！”骑虎难下中，电镀厂来人了。

"董……董事长，我去收货。"晓露"砰"地放下电话，冲出办公室。

事后晓露怎么也不明白，自己明明拨的是电镀厂号码，怎么就和香港董事长通上话了呢？后来，和办公室赵文员聊天，晓露故意说打电话回家，接电话的却是其他人，赵文员告诉晓露："那叫电话窜线，是拨出去的电话还没接通，有人凑巧打电话进来，窜线相当于拨电话者接了打电话人的电话。"

一个进厂不足三个月的新员工，不分青红皂白、凶巴巴地训了董事长近半小时……从那天开始，晓露为董事会议的来临天天提心吊胆。

5

进厂三个月，第一次领工资，12天，四块每天，加上加班费，一共五十八块五，晓露利用中午时间跑到邮局给家里寄了五十块。

五金单继续多，组长依然不管，上级一听五金就"晓露""晓露"地叫，这些，晓露都明白，也习惯了，但那天，晓露就是很烦，说不出的烦。

"晓露，电子客户！"赵文员叫。

"跟他说我没在！"晓露烦躁地答，还小声抱怨，"就知道问我要货！"

"晓露说她没在！"赵文员回答客户。

"完了完了！我说我不在！"晓露颓唐地趴在桌面，绝望像山洪一样袭向心头。

"对不起对不起，我保证明天出货。"客户自然训斥了童经理。

"为什么不接客户电话？"在经理办公室，童经理问晓露像问犯人。

"货出不来，你们当官的只管商标。"刚刚还默默流泪的晓露又犯浑了，她拿出五金生产记录表，一项项指着，"这款很久了，那款也过期了，车间谁都不喜欢做五金，找你你也不搭理，你不签五金赶货单却签了很多商标单，我向各主管催货，他们就拿商标赶货单推拖……”

晓露一边噼里啪啦翻记录本一边抗议，说着说着就哭了：“五金片就我一个人，没组长管，没领导管，像后娘生的……”

“无论怎样你不能不接客户电话呀？还骗客户说你不在！”老练的童经理抓住电话事件不放，“怎么能骗客户呢？不管怎样，给我把货赶出来！”童经理说完“咚咚咚”地穿着高跟鞋扭着细腰肢全然不管泪流满面的晓露，妖娆地走出了办公室。

晓露气得牙齿咯咯响。

“得想办法赶货！”过了一阵，晓露“哗哗哗”地拿出一沓空白A4纸，抽了几张无碳复写纸，快速写下几十款五金特急赶货单，最后，在右下角模仿经理平时的签名大笔挥了个“童”字，将“五金特急赶货单”发放给各车间主管……完毕，回到办公室，安静地坐着。

“怎么都做五金片？”不久，付组长第一个进来。

“晓露，都做你的货，你不要哭了。”马上，老乡兰也进来了。

“晓露，你好了，我的货却停了。”跟单华姐未见其人先闻其声。

“哇，不得了啦，全厂都是五金片。”B组段组长平时跟晓露很要好，一边说一边捏晓露的脸，像捏婴儿一样。

“咱们商标皮具都靠边站吧！”C组贾组长“呼呼呼”地吹着杯中的热开水。

晓露坐着，面无表情，不说话。

“晓露，这下放心了吧！”周总靠着晓露坐下。

“晓露当然高兴啦！”经理助理阿飞撩着长发，像风一样飘过办公室。

“五金片好了，我的货出不来怎么办？”B组小高一直嘟着嘴。

童经理的高跟鞋“咚咚咚”地来了又走了……

要想人不知，除非己莫为。晓露的安静是克制的，克制着克制着她就流泪了。

“货出来了还哭？”华姐给晓露递纸巾。

“赶货单是我自己签的名。”晓露接过纸巾“哗”地一声揪着鼻子。

“啊——”瞬间，跟单办公室鸦雀无声。

6

“晓露胆子也太大了！”跟单同事窃窃细语，谁都为晓露捏一把汗。大家都不说话，等暴风雨来临。

“这么多特急，我怎么做？”果然，没多久，啤工部雷主管满面愤怒地走进经理办公室，成品部林主管紧随其后，不一会儿，各部主管都围着童经理，每人手上都拽着晓露的“五金特急赶货单”。

晓露安静地坐着，低着头，手心冒汗。

“董事长来了，董事长来了！”忽然，又听到这恐怖的称谓，晓露吓得心脏差点跳出来，“电话训斥董事长”一直像定时炸弹一样埋在晓露心里。

晓露脚抖、身体抖，抖着抖着又忍不住透过玻璃偷看，两个高大威猛的男保镖一前一后护着董事长和董事长秘书，董事长神情威严，一行四人脚步整齐有力，如士兵一样走过跟单室、经理室，紧接着“咚”的一声，最里层的董事长办公室像密码箱一样密封了，留下丝丝寒气盘旋在晓露头顶。

“已经这样了，大不了不干！”晓露一副死猪不怕开水烫的模样。

“通知各部主管和跟单组长开会！”童经理吩咐赵文员，又扯着喉咙喊，“杨晓露，你也参会！”

“绝对是批斗！”晓露抿着嘴，后悔极了。

部门主管陆陆续续来到经理办公室，一个比一个雄赳赳气昂昂，作为有一千多人的湘锋五金厂，进办公室开会是主管们的至高荣耀，更何况董事长也在。

部门主管都到齐了，三位跟单组长一动不动，晓露更不敢动。

“怎么还不进来？”童经理叫。

“咱们还是进去吧！”付组长先打破沉默。

“晓露，你坐我们中间。”段组长轻声说，“付组长坐晓露左边，我坐晓露右边，贾组长高，坐晓露前头。”

会场，晓露双腿颤抖，身体一寸寸往后挪，直到墙角，无路可退。

三位跟单组长陪着晓露忐忑不安地等待着生产会议的开始，只是她们不知道，晓露除了“特急赶货单”还有更可怕的“训斥董事长”。

与会人员坐好后，董事长办公室像城门一样打开了，董事长坐在会议室最上方，威严得像古代皇帝。

“董事长，跟单室这满地开花的赶货单，让我们怎么赶？”会议在同一种声讨中拉开序幕。

晓露手掌湿透了，双脚抖得像抽开的陀螺，想停也停不了。

“赶货单是我签的名，不关我们经理的事！”自己闯的祸不能让领导背黑锅。脚抖着抖着，晓露鼓足勇气站起来坦白了。

坦白了，脚不抖了，手心也不冒汗了。

坦白完，晓露坐下，很清醒，也很懵懂。

第一次参加董事级别会议，初生牛犊不怕虎的晓露让会场的气氛很尴尬。

“近期五金订单多，客户香港业务员三条线都催货，晓露急坏了，她本来找过我签名，只是我没答应。”很快，童经理接话，“你们都说没法赶货，可据我了解赶货单上的产品都赶得差不多了呀！”

“等等！”一直沉默的董事长接话了，“意思是五金跟单员杨晓露冒充童经理签名要部门赶货？”

晓露正被童经理呵护自己的温暖瞬间感动着，却被董事长吓得打回了原形。

“是！”主管们异口同声，声音洪亮而尖锐。

“呵呵，呵呵……”很意外，董事长却笑了，笑着朝晓露招手，“杨晓露，为什么坐那么后面呀，坐出来一点！”

晓露屁股不离椅子象征性地往前挪了挪，暗自想，“当老板的都老奸巨猾。”

董事长“呵呵”后，主管们安静了。

“晓露，五金产品都赶出来了吗？”董事长又问。

“急的大部分出来了，还有几款在生产。”晓露如实回答，声音轻得没底气，她不知道董事长葫芦里卖的什么药。

“哈哈哈”“呵呵呵”“扑哧”……肃静的办公室瞬间又喧哗起来，像刚煮沸的水。

笑声中，董事长用眼睛扫了一遍会议室，轻描淡写地说，“既然货已赶出来了，晓露代签名的事就交由办公室内部处理，接下来我们开始新一轮董事会议”。

会场，董事长一锤定音，终结了晓露的难堪。

后来，董事长也没提晓露电话训斥他的事。

次月，晓露领工资，一千五百块。

三个月后，办公室成立跟单 D 组，专管五金皮具，晓露任跟单组长，童经理、张总管、董事长联名签的任命书，董事长签名后面还加了个备注，“试用期，免”。

张军文　现供职于中科院广州化学有限公司，系荔湾区作家协会主席团成员，广州市青年作家协会会员，广州市作家协会会员。公开发表文章100多篇，主要代表作品有《致志愿》《志愿者，最简单的善良》《从事志愿服务的好处真不少》《人生、因志愿而精彩！》等，多篇被国家级期刊和国家级门户网站刊发转载。

我当了一回临时安全员

“这鬼天气又闷又热，真难受！”我自言自语。

伸手擦汗时，我顺手把安全帽脱下来扔到地上，一屁股坐下，边抽烟边看着远处密密麻麻的车辆跟蚂蚁搬家似的涌来涌去，听着耳畔各种机器此起彼伏的尖叫声，心里有种莫名的失落感。

“你干嘛呢？起来起来！”我正在思考未来呢，没提防安全员走过来，冲我吼了一嗓子。

“这人真横。不就是坐这里休息一下吗？有必要大呼小叫吗？”我心里嘀咕着，毕竟自己是新进厂的，终究没有说出来。

我瞟了他一眼，流露出一丝不屑。他瞪了我一眼，满是严肃神色。

“跟我到办公室去，咱们聊聊。”安全员语气严厉，没有任何商量的余地。

去就去吧，谁怕谁？大不了炒人。这破厂子，工作环境不好，乱七八糟的制度倒是蛮多，连坐下来抽支烟都不行。什么玩意儿，炒了我马上去别的地方找份好工作。

“坐吧。”进了办公室，安全员态度明显平和了许多。我刚坐下，他就递了杯热茶过来。都说伸手不打笑脸人，面对他的友善，我的火气也降了。

“我知道你心里不舒服。”他微微一笑，眼睛盯着我说，“你可能在想，不就是坐下来抽支烟吗？又没犯什么大事，需要这样小题大做吗？”

“是，我就是这样想的。”我不想隐瞒什么，反正本来就是事实。既然他说穿了，不如干脆承认算了。

“你是名牌大学的高才生，你的知识和你的能力不容怀疑。”他打开笔记本，一边写一边说着。这话，我一时猜不出是真诚还是讽刺，只能静静地等着他继续说下去，才能分析出他用意何在。

“但是，你毕竟是新进厂的，可能对安全操作规程还不太熟悉。”他狡黠地笑了笑。这家伙，莫不是讽刺我学习不认真？前天才上过安全课，上岗前，我可是把安全操作规程背得滚瓜烂熟。对他的指责，我坚决否认。

“既然你熟悉安全操作规程，那麻烦你说说你刚才的行为存在哪些安全隐患？”这会儿，他又板起了面孔。我算是弄明白了，原来前面都是开场的锣鼓，后面才是悲剧的大戏呀。

沉默了好久，我不愿理他。不得不承认，我确实也说不出刚才坐在地上抽支烟会有哪些安全隐患。

见我迟迟不回答，他扳着指头数落开了：“还是我来告诉你吧：第一，你把安全帽脱下来当凳子坐，万一上面掉东西下来怎么办？可能会伤到你，这是个安全隐患。第二，你坐在车间过道上可能会影响正常生产，万一别人没注意，可能会伤害到你，这是个安全隐患。第三，你在生产区抽烟，存在火灾隐患。”

我吓了一跳，没想到一个不经意的小动作，到他这里竟然成了弥天大罪。

他却不依不饶，继续追击：“我说的没错吧？”

我不得不点头认同他的看法，因为我找不出反驳的理由。

“既然认识到错误，那就认罚吧。”他给我续上茶水，笑眯眯地说。这笑容，多少带有点阴险的味道。

“怎么罚？”我不想啰唆。男子汉嘛，得敢做敢当。

他递给我一个本子和一支笔，“抄十遍安全操作规程，抄完后再默写。”

什么，当我小学生呀。我可是重点大学的毕业生。反倒是你，听说只读了个技校，很可能是靠擦鞋混上了安全员的位置吧。我坐着没动，忍不住又轻蔑地瞟了他一眼，他那似笑非笑的表情，让我感觉浑身不得劲儿。

“不想罚抄也可以，那就陪我当一回安全员吧。临时的，但工作职责跟我一样。”他站起身，戴上安全帽，拉着我就要出门，“走，咱们去车间看看。只要你连续找出三处安全隐患并处理得当，今天违章的事就一笔勾销吧。”

“好！”我戴上安全帽，心里偷偷一乐：这是处罚还是奖励？

“哇，这配件扔到过道上来了。”我嘀咕着，他却充耳不闻，只顾慢步走着，一边走一边四处观察。

我忍不住拉了拉他的胳臂，“喂，这配件不能这样放啊！”

“你发现了问题就要处理嘛，现在看你的了。”他还是似笑非笑的样子。

我只好来到近处一个小青年身边，拉着他的胳臂说：“小伙子，把配件放好一点呀，不要弄到过道上来了。”

“你谁啊？多管闲事！”小青年转身盯着我，凶巴巴地吼着。

我吓了一跳，我好心指出错误他还这样子。真是不可理喻。

“他是新来的安全员！”他大步走过来，及时为我撑腰。

“哦，刚才忙，没来得及整理，我马上去。”小青年换了副嘴脸，低头去收拾配件。我松了一口气，还好，他没问我配件乱摆乱放存在哪些安全隐患。

陈树茂 现供职于广州地铁集团有限公司，系高级工程师、广东省作家协会会员、广东省小小说学会副秘书长、广州市小小说学会秘书长。作品散发于《小小说选刊》《微型小说选刊》《南方日报》《羊城晚报》等全国报刊。已出版个人小小说集3本。《冬至》曾获第九届全国微型小说（小小说）年度二等奖。

春夏之歌

立 春

1998年的春天，我们三人被分配到同一家施工单位，住同一间宿舍，开始了我们春天般的生活。

张小鹏是个大帅哥，用现在流行的话说"帅呆"了。他女友晓玲却长得矮小，皮肤也黑。每次小鹏和她走在一起，一高一矮的，显得特不相称。我经常开玩笑说，找这样的女友，真浪费你这个大帅哥。我还假装仔细端详他，然后摇摇头啧啧几声，可惜啊可惜，一米八几的帅哥……

小鹏苦笑说，人不能忘恩呐。

小鹏有自己的苦衷。一次，他喝醉了酒说："你以为我想找女朋友吗？我一直都想先有自己的事业，大学时我妈生病没钱医，是晓玲向她家里借钱救我妈的。"

我忍不住说，恩情毕竟不是爱情，10万块钱就能买一个终身幸福？我忽然间觉得自己很不厚道，嘴里还吃着晓玲送的泡椒鸡爪呢。

我喋喋不休发牢骚不是没原因的。每个周末晚上，我都要牺牲休息时间通宵待在网吧。晓玲要来我们宿舍，我不想当电灯泡，提前出去闲逛。每次小鹏都不好意思说，兄弟，辛苦你了。

我笑笑说，辛苦你了！我不怀好意看看他俩。晓玲痴痴笑，拿一堆零食塞给我说，谢谢你啊。终于有一天，我忍受不了孤身一人的寂寞，也想找个女朋友。

当我四处相亲找女友时，小鹏的恋情却屡屡传来危险信号。晓玲已经好几个周末没过来了。

我知道，暴风雨就要来临了。

一晚，我回到宿舍，看到晓玲正在收拾衣服，小鹏坐在床边默默抽烟。这小子还学会了抽烟，晓玲竟没有管他。我记得晓玲说过，她不喜欢烟的味道。他俩默默无语，我觉得很无趣，顺手打开收音机，正播着张惠妹的《我可以抱你吗》。

小鹏终于开口了，对我说："麻烦把收音机关掉好吗？"又转过头对晓玲说，"我欠你的钱，会慢慢还你的。"我心想，好小子，竟然想甩掉自己的救妈恩人。

晓玲却很冷静地说："没关系，当是我送你的礼物吧。"忽然间，我低下头，觉得自己多么卑鄙，不断挑拨他们的关系，这么好的女孩去哪里找啊？我想起自己几次被女孩子甩的惨痛经历，竟忍不住热泪盈眶。

我抬起头时，晓玲已经走了。小鹏没有送她。我觉得他太过分了，生气地说："兄弟，以前是我不对，经常在你面前嫌弃晓玲，但那是开玩笑的，你怎么能当真呢？"小鹏转过头，眼眶红红的，声音沙哑："你知道吗，是她提出分手的，她父母明天就要送她出国……"他还没说完已泣不成声。

小鹏消沉一阵，又振作起来了。用他的话说，爱情不能当饭吃，老家的父母还等他寄生活费呢。那时，刚好单位要推荐一名技术人员去援助新疆建设，他第一时间报了名，经过层层筛选，他被选中了。离别当天是立春，我们三个男人大醉了一场，约好每年立春都醉一次。我知道，其实小鹏心里的伤痛还没愈合。

也许你会好奇，不是说三个男人吗，另一个呢？

李大伟是广州本地人，晚上不住宿舍，白天偶尔回来午休。关于大伟，我了解的不多，只知道他性格有些叛逆，家里有几套房在收租，其实他上不上班都无所谓。我经常忍不住感叹，同人不同命啊，为什么我爸不是本地农民？

有一次，我们三人聚餐，大家都喝醉了。我对大伟说："很羡慕你家每年有几十万的分红。"

大伟摇摇头："你知道我童年怎么过的吗？周边都是麻将声，想学习都不能。"

小鹏嘲讽："家庭环境好就是不一样，哪像我以前每天都得上山砍柴。"

大伟无奈地说，我宁可和你们调换。

我和小鹏都觉得，他在"晒命"，真的调换，你吃得消吗？现在的富二代就这样，说一套做一套。本来，我们对大伟有一点点的鄙视，直到他离去。那次天兔台风正面袭击本市，一个工地宿舍的工棚倒塌，大伟冲进去救棚里的一个小孩，没想到被埋在里面，送到医院没抢救过来。

我们在整理大伟的遗物时，发现一个本子，里面记载了他的一些工地施工记录和个人私事。原来他没向家里要一分钱，自食其力在外租房住，晚上到街边摆摊卖东西，还资助了山区 10 个学生读书。我和大鹏决定帮他继续资助完山区读书的学生。

立春那天，小鹏从新疆回来，我俩相约聚餐，酒后撕心裂肺地唱起汪峰的《春天里》，唱着唱着，两人忽然抱头痛哭起来。

我们想起了大伟，想起了那段曾经一起奋斗的岁月。

谷雨

俗话说，春雨贵如油，天气预报说今天谷雨，晚间有暴雨。徐文觉得这春雨一点都不金贵，暴雨夜他还得出车赶去地铁工地。

徐文本来已经下班回家吃饭了，刚吃到一半，处长就打来电话让他出车。他接了电话，二话没说，马上就走了。徐文无论白天黑夜，从来都是随叫随到。

车子开出没多久，就开始下雨。去地铁工地要经过一段很偏僻的小路，这段路坎坷不平，雨天经常出事故。此时，徐文的脑海想起出车前，处长对他和财务人员的叮嘱，工程款今晚才到的，农民工明早就要搭车回家，你们一定要保证今晚把工资送到现场。

雨越下越大，已经很难看清前面的路。同行的小李说，这么大雨还是先休息一下吧。

“不能停！”财务人员坚决地说，他紧紧地抱着怀里的三十万元现金。

徐文也坚决地说：“不能停！”

徐文打起十二分精神开车，一路上都没有见到其他车辆，心里开始有点发虚。几个月前，老王夜晚送材料去工地，就是在这段路上被打劫的，还被脱光衣服丢在路边，幸好过往的车辆及时发现了他。回去后，老王在医院住了二十多天，直到现在还精神恍惚。

雨点猛烈地敲打着车窗，徐文几乎看不清前面的路。风雨越来越大，徐文忍不住提议，停下来休息一下吧。

财务人员坚决地说：“不能停，暴雨一时半刻停不了，还是慢慢开吧。”

徐文开得很慢，心里却禁不住想，这条路只能单向行驶，如果这时候有人拦路怎么办？

很快到了转弯处，徐文记得那有个小店，曾在那歇过脚。这时，徐文远远望见路中间有些东西挡着，慢慢靠近才发现是一堆堆石头。不搬开石头，车子休想通过！

财务人员也看到了，心里凉了一截，紧张地说："不能停车，不能开车门！"

徐文将车慢慢靠边，他敏锐地发现小店附近好像有几个黑影。他转过头对财务人员和小李说，前面有人埋伏，他们一定是准备等我们下去搬石头时袭击我们，你们每人先找一件工具。

这时，雨更大了，还不时伴着雷声。闪电一亮，徐文清楚地看到，小店边上埋伏着几个人，每个人手里都拿着工具。

车子更靠近了，徐文已经清楚地看到前面的石头。这种拦路抢劫的情况，徐文也见过不少，但在暴雨夜还是第一次。去年，几个年轻人拿刀拦路要收过路费，被徐文三两下打跑了，还冲着他们大笑："兔崽子，竟敢动本大爷，也不打听打听我是谁。"

但此刻，徐文还是禁不住深深吸了一口气，心里暗暗下决心，一定要保住这些钱！徐文提醒财务人员和小李："不要紧张，一会儿我下去，如果有人过来，你们就给我打。"

两人齐声应了一声"嗯"，却清楚地听出应声中有些颤意。

车子已靠近拦路的石头了。徐文定定神，看到小店那边黑影人手中拿着闪亮的工具。徐文从观后镜看到，财务人员和小李头上正冒着汗。

徐文停了车，手里紧紧握着一把铁锤。他看到那几个黑影在慢慢靠近他们，其中一个似乎还在冷笑。徐文的心忍不住扑通扑通狂跳，心想，今晚就算拼了小命也要和你们干到底，想抢这些工人的血汗钱，没门！

徐文狠狠心，刚想下车，忽然看到路后方又来了七八个身穿雨衣的人。徐文暗暗叫苦，没想到这些劫匪还有帮手，他们有十几个人，车进退不能，硬拼又不行，怎么办？徐文唰唰地满头大汗，他听到财务颤抖地说："这……下该……怎么办才……好啊？"徐文抓铁锤的手心也开始冒汗，脑海涌现出老王被脱光衣服丢在路边的痛苦表情。

这时，徐文脑海只有一个念头，拼了！

忽然，徐文感觉到车前方有一道很强的亮光。他往前一望，前面来了几部卡车，车灯照着前面的来人。徐文暗暗叫苦，这回惨了，劫匪又来了帮手，但他再仔细看看，来人中有一个熟悉的身影，走近了一看，原来他是工地的技术员小鹏。

原来小鹏在工地等了好久不见车到，担心送钱的车遇到劫匪和山路滑石，就带了二十几个民工沿路出来接应。那帮劫匪见徐文这边的人较多，就悄悄躲起来了。

春雨继续猛烈地下着，它一定不会知道刚刚惊心动魄的一幕。

大　暑

2016 年 7 月 22 日 星期五 晴（节选自某地铁建设者大暑当天的日记）

今天大暑，本该是一个值得开心的日子，地铁十三号线最后一台盾构机始发了！但上午 9∶08，没有彩旗飘、鞭炮声和欢呼声，有的只是大家一脸凝重的表情。

时间返回到三天前。我们与区住建局、街道办等相关单位召开地铁隧道盾构机始发前协调会，区政府方面还是信心不足。大部分居民不同意临迁，还围攻布设监测点的人员，无法施工监测，就等同于“盲推”。

推，还是不推？推，全部安全风险都集中在我们地铁建设者身上。不推，十三号线 2017 年年底如何按时开通？上级领导大胆决策，做好一切应急预案，下周五开始推！

时间返回到两天前。万一大院居民发现盾构机始发，集体上访如何应对？我们立即落实应对外部媒体预案，安排好新闻发言人，统一对外口径。现场再一次检查盾构机始发应急措施、物资是否到位。计划凌晨再一次进去布设监测点。

时间返回到一天前。凌晨一点进去布设房屋监测点失败了，半夜遭到居民围攻。居民竟然也安排了24小时日夜值班，看来是做好了长期作战的准备，还说地铁施工恐吓居民，还擅自挂出抗议的横幅。

地铁建设可是合理合法合规的！在6月18日第三次居民见面会上，已经正式公开了合法建设的书面文件，也邀请了国内地铁专家给各位居民解释答疑，但大部分居民还是坚持要拆除重建房屋。但无论如何，始发时间不能再改变了！

耳边轰轰的盾构机转动声提醒我，盾构已经开始掘进了！

24小时日夜值班开始了，这场攻坚战就在全年最热的这一天打响了！

部门安排了由12个有盾构施工经验同事组成的攻坚小组，暂时安排了三周的24小时日夜值班，今天白天是我，晚上是小鹏。施工方也安排了局领导、分公司领导值班，第三方监测单位派了两人驻现场。为防止居民破坏现场，特别请了十几个保安看管门口和门禁设备，保护工地机械和人员安全。

一切都准备好了！

大家充满期待，紧紧盯着监控显示屏，盾构机在一毫米一毫米掘进，忽然盾构机停了。盾构机才刚刚推了30多厘米，就发现螺旋机口卡住了。大家异常紧张，出师不利啊！

经大家初步分析，估计是钢筋卡住了，立即安排工人清除钢筋。由于土仓里的砼块渣土较多，一直清理到中午还没完成。我们匆匆吃完盒饭，不敢休息，继续监控现场情况。中午时，区住建局林工打来电话，说有三个居民跑去区信访局投诉我们已开始施工，还要给予解释。

盾构机始发不顺利，居民又开始信访，内忧外患啊！经过区住建局耐心地劝说并答应一周内给他们一个解释，三个居民才同意先回了。

一直到晚上六点都没清理完渣土，只能再安排另一班工人清理。工程不顺利，大家都没心情吃晚饭。我往盒饭里加了几勺辣椒，开玩笑说，人是铁饭是钢，加了辣椒顶呱呱。大家也笑着说，吃饱才能干活啊，气氛马上活跃起来。

我们匆匆吃完晚饭，就召开第一次晚间交班会，仔细分析了原因，一致认为是支撑梁钢筋没切割完成，卡在盾构机螺旋口了，重点强调了清理时的安全问题和动火作业管理等问题。我鼓励大家不要灰心，一点点小问题难不倒我们，它是在提醒我们，准备工作一定要做足做细。

一直到晚上九点，工人都未清理完渣土。我跟值晚班的小鹏做了一个详细交底，在交班记录上签了字，就拖着疲惫的身躯回家了。

明天又将是一场硬战！累并快乐着，这就是地铁人的一天！

莫少文　来自世界长寿之乡——广西贺州，喜欢旅游、运动、阅读，大家巨著、平凡文章均随性涉猎，尤喜历史、侦探小说。工作生活中偶有感悟则乐于记下，多年来小文章也有几十上百，但仅作为个人爱好自行收藏，亦是用来打发空闲之时间。

KJH 的抉择

KJH 下班回家时已经差不多晚上八点了，近半个月来，这个时间点回到家是常态。以前回到家基本上已经身心疲惫，看到老公做好的饭菜也没什么胃口，但今天不一样，破天荒地吃了两碗饭，喝了一大碗汤，老公甚是诧异，欲言又止的，KJH 没理他，吃完饭伸了个懒腰，感觉还蛮有劲的，坐到沙发上想今天早上的事：情急之下在朋友圈发的那个心情，没想到还挺管用，在公司引起了不小的震动，自己感觉是近几个月最被尊重的一天，面临的难题也在领导的安排下解决了。要知道以往可是天天报警，也没人重视，偶尔不报警了又要挨批评，真的好心累，本来很多问题和责任都不应该是自己一个人扛的，但现在几乎所有对外的压力都在自己一个人身上，很多时候觉得难以忍受。

细算一下，减去中间离开的一年一个月，KJH 在公司的时间已经有四年三个月零八天了，这四年多时间，同事们见证了她从一个刚出校门的小女孩逐步成为女汉子的历程。公司很多产品是电镀件，有时候客户着急要货，会临时用小车送，每箱都是 KJH 自己搬到小车上。有一次客户急要电镀件，物流公司的车又都在主机厂的仓库等待卸货，客户催了好几次，只好临时用小车送货，KJH 三下五除二就把十几箱电镀件塞到了车上，开着车就往客户公司送。这样紧急要货的情况还不少，为了赶紧送到货，都是用小车送，这种情况下 KJH 只好自己搬货送货，每当这个时候一心只想着能快点送货，好像也不觉得累了，理货、搬货、开车都是风风火火的，久而久之同事们都调侃 KJH 是条女汉子。其实外表上 KJH 绝对弱女子一枚，身高 156cm，体重 43kg，算不上细皮嫩肉，但也称得上白净秀气，大框眼镜底下透着书卷气。毕业前一直想找的工作都是文职类的，毕业后在一家体育用品店做了几个月的销售助理，后如愿应聘到本公司人事助理的职位——协助人事专员做招聘。那时候公司产量在快速提升，招人的事情多，每天收简历、看简历、联系面试、安排面试、报批等，忙得不亦乐乎，累是累，但感觉还不错。

事情的转折在 5 个月后，原来的发货专员因怀孕提出离职，之后的一段时间任凭 KJH 多努力、多用心，招聘工作都一直不顺，来面试的人一拨又一拨，但入职的没几个，入职后能留下的一个都没有。眼看发货专员离职时间到了但新人还没有到位，好说歹说才说服她推迟半个月再走，可半个月转眼即逝，新人还是没有招到位，情急之下人事经理出了个主意，让 KJH 顶替一段时间，因为生产人员的补充已经差不多了，招工的事情少了很多，安排 KJH 去发货不会影响招工的事情，所以大家一致认为可行。KJH 当时也想：发货那么难吗？我才不信，我肯定能搞定！她欣然接受，并暗自发誓：本姑娘要把发货这工作做得规规矩矩、顺顺当当的，不让它成为人见人怕的工作。

KJH 接下了发货的工作后，前三天熟悉工作流程和发货实操，五天后问题点了解了十之八九，第八天进行了针对性改善：一、建立针对发货用的产品基本账，每笔出货做好记录，日清日毕，既能使每天的出货一目了然，又利于月初与客户的对账，避免了坏账、糊涂账，省去了很多汇总、对账的无用功。二、配置一台发货备用打印机，两台轮流使用，以避免打印机故障影响打单出货的问题。以往可是经常出现紧急出货时打印机不给力的状况，一边是客户催货，一边却是打印机闹罢工，影响发货不说，心情更是糟糕透顶。在配了备用打印机的同时，KJH 还通过多种途径学习了打印机常见故障的识别和处理，基本能搞定常规打印机故障问题，以至有一阵子同事们都把 KJH 叫成“修理妹”了，以前打印机有什么问题都找总经办，之后都先找她了。有备用打印机并学会修理技能后，仿佛有了双保险，出货再也不用担心打印机出问题了。三、将物流公司负责人及司机的电话、QQ 及微信等联系方式汇总成表，做成小卡片随身携带，方便各种情况下的紧急联络和应对，可有效避免物流人为原因导致的送货异常，有利于跟客户迅速建立起良好关系。四、设计专门的客户需求表和装配入库表，将客户需求的第一手资料提供给生产现场，同时也要求装配车间适时汇总报告生产和入库情况，使生产安排和发货需求有效结合起来，做到及时发现问题，及时纠正生产安排中不合理的地方。经过半个多月的努力，发货工作顺畅多了，做起来感觉也不是那么难。

把工作做好了，这工作也理所当然地成为 KJH 的了，即使她不情愿，但人事经理还是将岗位调动单签批好，将 KJH 正式从人事助理调到了计划物流部发货专员岗位，KJH 也只好既来之则安之，从此走上了从纤纤弱女向女汉子的转变之路。

KJH 的公司是汽配企业，有直供主机厂的，也有作为二配供给其他汽配企业再送主机厂的，产品有注塑件、喷漆件，也有电镀件，大小种类有一百多种，客户有德系、美系，也有日系，不同的主机厂要求差异较大，稍有不慎就有可能出错。KJH 正式上岗后更是加倍地小心谨慎，生怕出半点差错，要知道送主机厂出了问题可不得了，尤其是供不上货导致主机厂停线的话，一分钟罚款 6000 块可是各主机厂的标配啊，6000 块一分钟，再大的金主也难承受，所以主管和经理时不时就叮嘱“盯紧点啊，千万不能让主机厂停线啊！”

正常的工作是比较好应对的，怕就怕客户需求突然有变化，临时应急起来可够呛。有一次A主机厂因一家供应商一台进口的关键设备故障，需要等国外专家来维修，原有库存不够，主机厂临时调整换线生产，而KJH公司的下游客户为主机厂的准时化供应商，晚上十一点多打电话联络送需要的颜色产品，情况紧急，KJH马上起来穿上衣服就开车往公司赶，到了半路车就熄火了，急得她反复启动均无效，再仔细看才知道是油箱没油了。这才想起早上出门时已经发现油到最低报警线了，可白天忙乎了一天下班时忘了这茬事，稀里糊涂地没加油又开回了家，现在情况紧急，只好打电话叫老公骑电动车赶过来，小车交给老公处理，自己骑上电动车赶到公司紧急调货，还好没给客户造成麻烦，但从此却给同事留下了“马大哈”形象，时至今天仍有同事见面时“关切”地问车有油没油，每次她都恨不得上去给他们一拳。

两年多前，有一合资公司客户，原本是中方人员在管理，后来来了几个老外主政，并推行英文管理，很多系统、资料要改用英文版本，也要求供应商提供的资料使用英文。为应对此客户，公司决定招聘英文兼职翻译，就是翻译兼实验员，想将原来的实验员腾出来去专职做体系管理。想不到招翻译的事又遇到了当年招发货专员一样的难题，一周过去了，两周过去了，人就是招不来，翻译人员一时指望不上，但这个过程中事情还是要做啊。这可愁坏了KJH，思来想去只好自己想办法，强迫自己把丢了几年的英语捡起来，先是借助词典，偶尔向身为英语高手的老同学求助，这样处理事情虽然很慢，但勉勉强强应付下来了，然后利用空余时间学习，就这样凭着读书时不错的英语功底，加上贡献100多天的休息时间，总算在四个月后可以顺利地应对该客户的事情了，经理长舒了一口气，翻译也不招了，并特意向总经理申请给KJH加了一千块钱工资，钱虽不多，但也让KJH觉得辛苦之余总算有了点小成就。

随着客户增加，车型增加，发货量增加，KJH 的工作量也快速增加，为了更好地应对，KJH 在生产计划方面下了很多功夫，使生产计划始终能紧扣客户需求。几年下来，她没有给客户造成停线的现象，除了偶尔因品质问题受到客户小抱怨之外，相互间的关系较为融洽，每半年一次的客户满意度调查次次都在 95 分以上，这也让 KJH 有不少的安慰，毕竟自己的努力还是有了好的结果。

日子如流水般飞逝，KJH 相亲、恋爱、结婚，转眼四年过去了。两个月前，客户 A 主机厂一新款车型正式实现 SOP（标准操作程序），该车型实现 SOP 后即快速上量，两个月来产量都处于快速爬坡阶段，公司的供货日益吃紧，主要原因是一家电镀件供应商产能紧张，每天的供货十分困难，进而影响了本公司内部组装的产量，库存迟迟建立不起来，两个月的时间里发生了多次内部报警事件，每次在周六周日好不容易建立点库存周三就消耗掉了，周四、周五的交付就十分痛苦，公司虽然安排了计划，工作人员也多次到供应商那里进行促进，但短期内改善不大。供应商承诺的是三个月内完成整改，并保证第四个月会有明显好转，确保交付，所以这两个月供货极为艰难。这可苦了 KJH，因为客户没货只找她，还美言曰找她最有用最有效！ KJH 虽然自己是战战兢兢地过日子，但非常注意了解公司里生产的状况，给客户回复时总是一副成竹在胸的感觉，所以没有引起客户的恐慌。

周五早上七点，客户打电话给 KJH 说要十点送到货，KJH 八点到了车间问货，车间的人说还没有做，因为昨晚电镀件来货迟了很多，等到晚上八点电镀件的货还没到，装配又有一名主力员工生病了，班长就没有接着等，大家便下班了。客户已经强调了十点钟送不到货就会停线，虽说按 KJH 的计算，客户那里的存货可以撑到十一点半，但时间确实万分紧迫，KJH 跟装配班长说要安排两条线生产，班长却回答说还有其他客户的急单要做，不愿意换线，急得 KJH 去找主管，主管来了也无济于事，八点半客户又打电话问送货的事，想着一条线生产肯定满足不了客户需求，KJH 急得想哭，刚回到办公室，客户的跟催电话又来了，她只能赔着笑脸跟客户协调说十一点前保证送到，客户一听更急了，要求必须十点送货，否则要负停线的后果，说完“啪”地把电话挂了，想着无着落的货和停线后果，KJH 郁闷、失望、沮丧、无助的感觉汹涌而来，禁不住拿起手机在微信朋友圈发了那个心情 ......

网络的威力还真大，KJH 的朋友圈心情发了不到五分钟，公司相关人员就动起来了，还惊动了总经理。总经理带上生产部经理亲自到装配现场指挥生产，要求装配另两条线也马上换线生产，三条线同时做特急产品，品质主管、装配主管都在装配线打下手。大家齐心协力，十点前完成了必要的数量，十点二十分将货按要求送到了客户手上，满足了客户需求，避免了停线事件。回想起来 KJH 还是有点后怕，现在事情是解决了，但今天的停线风险确实非常大。

早上 KJH 真不想继续做下去了，此前也多次萌发过辞职的想法，但每当回到办公室看到同事们忙碌并且聚精会神地工作的情景，辞职的念头很快又打消了。工作是累点，但值得庆幸的是，结果是好的。马云说：世上没有一件工作不辛苦，没有哪个公司是完美的，没有哪个岗位是轻松的，干工作，没有哪个是顺利的，受点气受点委屈也正常。

电视里的广告把 KJH 惊醒了，她才发现自己发愣了好久，手表已经指向十点半，看着老公在电脑前的背影，心里暖暖的，想想还是洗洗睡吧，明天又是全新的一天。

微小说篇

何春晓 现供职于广州番禺区祈福新邨学校小学部，系小学语文一级教师。2013 年 9 月加入祈福新邨小学，一直担任语文教学和住宿班班主任工作。爱岗敬业，教学生动活泼，风趣幽默，深受学生喜爱。所教班级多次获得“优秀班集体”称号。个人在 2016—2017 年度被学校评为“年度优秀教师”。

触　动

教室里，正在开家长会。少妇发现自己戴的手链不见了！

清洁工走进教室。她发现了少妇，惊喜地向少妇走去，递上了那条手链。此时，班主任说道：“掌声有请学霸的妈妈上台谈谈育儿心得！”

清洁工腼腆地走上讲台。那一刻，少妇脑海中浮现出刚才在路上碰撞到清洁工的场景，想起了自己孩子总徘徊在及格边缘的分数，心中百味杂陈……

黄健 现供职于广州市技师学院，系南沙区作家协会会员。曾获2010年广州市亚运会剧本创作一等奖，2016年广州市南沙区优秀信息工作者。作品散见于《南方日报》《广州日报》《广州文艺》《知青文集》等。

绿巨人

林森的阿妈是哑子，阿爸是聋子。每天天还没亮，两人搀扶着穿好那一身“绿色”。爸妈是林森的“绿巨人”，生他养他教育他。爸妈是城市街道的“绿巨人”，不管晴天深夜风雨雷电，街道干干净净。看着他们脸上布满褶子的笑，我心都纯净了。林森是一名环卫研发技术员，希望千千万万“绿巨人”能够更轻松，万万千千街道能够更干净。

洪慧怡 现供职于广州番禺区钟村钟一小学，系信息技术兼数学教师。三年来，获得多项省市级论文奖项。工作时，她思维清晰，闪烁着理科的光芒；生活上，她才思泉涌，遨游于文学的海洋。在心为志，发言为诗。

捡垃圾的叔叔

清晨，当第一缕阳光照进校园，学校出现一个身影，把校园里的纸屑、塑料袋等捡起来。家长看见了，对孩子说：“你看，不好好读书，长大了就只能捡垃圾。”说完，便把吃完的早餐袋随手扔在了地上。孩子弯下身把袋子捡起来丢进垃圾桶，说：“妈妈，他是我们的校长，一个爱护校园环境的叔叔。”说罢，他恭敬地向校长敬了个少先队队礼。

王冬虹 现供职于广州市交通站场建设管理中心工会，从事单位宣传工作。宣传和文字工作，是她毕业以来所坚持并热爱的。作为公共交通行业的一分子，她希望可以以“笔”之力，勾勒广州交通“小人物”的劳动之美。

妻子的来电

熙攘的公交站场，他正忙碌地检查着设施。急促的手机铃声响起，这是妻子的电话。原来老母亲的痛风又犯了，一直念叨着远在他乡的自己。

他眼角湿润，心里很愧疚，想起 13 年没回家过年了，打定主意等忙完春运一定回去看看……调整了情绪，他又坚定地投入春运繁忙的第八日工作中，耳边响起了妻子最后所说的话——“放心，家里有我”。

周浪清 系广州市某公司会务专员，广州市青年作家协会会员。爱吃、爱玩、爱闹、更爱书，梦想一路走着、写着、吃着、玩着，浪迹天涯。

生 活

毕业多年后。

他浑噩度日，她一如既往地努力。

他不屑："拼死了，到底还是这样！"

"不一样，你是在生存下去，我是要选择活法的！"

他焦躁，踢翻了路边的垃圾箱。

她熬夜加班，喂养路边的流浪狗也是愉快的。

后来，她成了他的上司，他还是时不时去踢一下那可怜的垃圾箱。

只有认真愉快地去投入，才能活成自己想要的样子。

李建党 现供职于广州番禺区沙湾镇工会，先后在中宣部党建网、全总中工网、番禺日报等媒体发表文章300多篇，在各级征文比赛中获得奖项30多个，其中作品《享受平等带来的荣誉与机会，就是我们最大的幸福》荣获广东省总工会和南方工报社联合举办征文一等奖。

义 举

朋友来电话告诉她，她丈夫又没来上班。她放声大哭，嫁给生意失败的他就是命苦。丈夫一回到家，她再也忍不住了——喂，日子无法过，离了吧。他转过身看着她：也好，不连累你了。这时，她的电话又响了，你说……什么？她的眼泪流了出来，突然转身紧紧地抱住他：锦旗都送厂了，救了人为何不说呢？我相信好人有好报。他说。

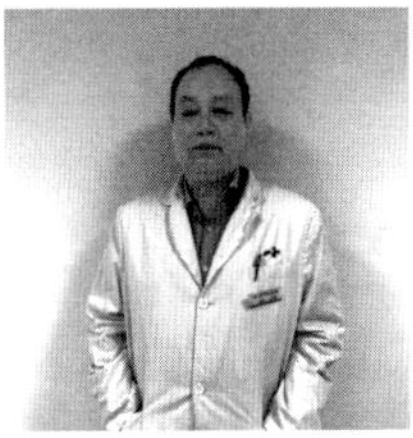

彭洪 现供职于广州市第八人民医院，每年主持抢救病人和开刀手术200余人次。对艾滋病人和外国友人的手术治疗疗效有目共睹。获得国家专利两项，发表论文10余篇。

一句话

无影灯下，大家一阵心肺监测、打针麻醉、消毒铺单操作，开刀时，我安慰病人：“不用紧张，不会痛的，手术会做好的。”病人心率即刻从100次/分降到80次/分。

第二天查房，病人激动地拉住我的手说：“昨天面对冰冷的医疗器械和陌生的眼睛，你的一句话使我悬起的心放了下来，谢谢医生！”

诗歌篇

李艳娟 现供职于广州中船文冲船坞有限公司，系广州市作家协会会员，广州市黄埔区作家协会会员。诗歌作品散见于《湛江文学》《东江文学》《南飞燕》《中国诗影响》《中国船舶报》和印尼《千岛日报》、香港《流派》诗刊等报刊及网络平台。诗歌收录于《广东青年作家诗歌精选》《中国当代优秀诗人诗集》等。

蓝色的天穹

蓝色的天穹

码头，如同五月
无心睡眠，待夏的热烈
潮涨潮又落，潮落潮又涨

锚链依旧拼命与浪较量
拴住他该拴住的祈盼
一波又一波
来来往往的人们
望着天穹，悉心聆听
那来自远方的汽笛

用生命和青春坚守的
以及信念支撑的

那片欢腾，永远在江河湖海的那一边
天南地北地奔赴
一代又一代的船舶人，始终
谈着一场不愿分手的恋爱

外 来 工

码头、坞底、船舱、喷漆、打砂现场
油污、五颜六色的油漆、灰尘、汗水
是一线工人们的奢侈化妆品
儿女的学费、父母的养老钱
需要他们用生命来表演，尽管只能换取杯水车薪

厂区穿梭的巴士上，怕蹭脏你我的衣服
他们有的扛着工具宁可站着也不坐
饭堂窗口，犹豫不决地选便宜菜
和我们保持一定距离的谦卑
洗不净的、似小丑的微笑的脸
怕耽误了他人买饭，写满歉意
无非是为了省下那一两块钱
换取孩子的一支笔、一个本儿
年迈父母的一两个药片儿

工装上的油污味，满手洗不干净的黑
镶嵌在指甲里，他们躲到饭堂的一角吃饭
饭堂走廊过道里，冰冷的地板是他们

偷着小憩的午休的床，几片纸皮做床垫
穿过玻璃透进的阳光有几缕打在他们脸上
梦想的翅膀就在这里短暂放飞
手机里，妻儿老小的相片、音频、视频
家乡的一草一木，似乎足够温暖
这他乡冬天的寒冷，我收紧了围巾的扣

四季有冷热水、夏天有空调的日子里
从他们身边匆匆走过，我，我们
想过什么，又做过了什么
天空大地为证
有时我们的不屑一顾，有没有觉得
那惨白的面孔，更像小丑

与朝阳一起

朝阳，每天的这个时候都会
扒着山边等着，看我
那是一座金色的山峦

在珠江出海口，在伶仃洋边
南沙龙穴岛，一边是满眼的农田
一边是龙门高架的现代码头

南海吹来的风，较别处有些清冷
雾霾笼罩的建筑，树木，花草

一群人，跟我一样
携着与海与船的梦，待霞光四射
与朝阳一起

一 片 天

捧一捧珠江水
望一望伶仃洋
在停靠码头的钢铁巨轮中
也透着女人的刚毅与隐忍

似木棉，红火热烈
又像五月的红花楹，庇护着
一艘又一艘庞然大物
与绿叶相映成趣
风调雨顺时，狂风暴雨中
码头边，车间里，吊机上
没有娇羞，没有柔弱
藏起的，是女儿的绵柔
是对父母子女的牵挂
与男人一起
撑着这片辽阔

看吧，春风里
她们与紫荆花儿一同绽放
待绿树成荫

唱着恋歌
融化在这片土地上
她们爱着，深深地爱着
——南沙龙穴岛

邹爽　现供职于广州番禺区市桥富豪山庄小学，系五年级级长、校优秀教师。其撰写的教育教学论文多次被刊登及在各级比赛中获奖。

环卫工人

孤独
是凌晨四点的街道
城市的地平线
闪烁着你们的反光衣

寒风中矗立的高楼大厦
倾盆的暴雨
抑或是来自地心的炙烤
你们用脚
丈量着整座城市

每一个井盖
都有它的位置
每一块石板
都承载着平安出行的祝福

每一棵树
都昭示着希望
你们用扫帚、剪刀和梦想
雕刻着城市的理想
每一次挥舞都是乐符
让每一朵花
每一片叶
每一滴水
都交织着沉静与激情
每一天都五彩斑斓

在这里
我们不期而遇
跨过一条条的河流、山川和道路
感受城市的呼吸和脉搏
城市，因你们而璀璨

在这里
你们粗糙的双手更加有力
你们坚毅的眼神更加明亮
你们弯下的身躯更加高贵

钟天赐 现供职于广州市公安局越秀区分局广场派出所，系执勤五中队长。从警多年，他恪尽职守，在广州火车站广场十年如一日维护社会治安秩序，肩负为平安春运保驾护航的重任。春节对像他一样的民警来说，不是与家人团聚，而是与广大旅客相伴，与责任相守。

匆匆的年味

没有了节前的熙熙攘攘
零零落落仍在负重前行的人
没让这曾经喧嚣的地方冷场
完成使命的大棚
在工人熟练的拆除中
有序而紧张
都回家过年了
“欢度春节”的字样已横挂在车站的大门上

站完年前的最后一班岗
匆匆地
收拾起那行囊
飞驰在高速公路上
奔向那
一个叫家的地方

那里有烟花
那里有爆竹
那里有一双双
期盼的眼睛
盼望着归来
等候着团聚
那里是一个有年味的地方

然而
盼望着的归来
等候着的团聚
却又是那么短暂
年味儿是那么匆忙

除旧的碎片撒满地
一路红尘尚未来得及拂掸
迎新的晨光正努力穿透浓浓的山雾
温暖着那颗疲惫的心房
空气中还弥漫着烟花爆竹的硝烟
灶台上那壶温热的娘酒尚有余温
却又要匆匆地
远航
在“大年初一不要出远门”的唠叨中
看了一眼那热闹的舞狮
穿过那盘旋挥舞的香火龙
悄悄地带上一缕缥缈的香烟

甚至连笑口常开的大头佛
都来不及回他一个微笑
又飞驰在高速公路上
奔向那
一个叫车站的地方

那里没有“大年初一不能出远门”的习俗
只有匆匆出行的脚步
那里没有烟花爆竹
只有汽笛的长鸣
那里没有弥漫的硝烟
而“春运”两字
却又把它变成——战场

请恕我不能向您拜年
因为我要执勤站岗
请许我向您敬个礼
祝您幸福安康

“统一祖国　振兴中华”
依然耸立在车站上
时刻警醒着上岗
年已经过去
“欢度春节”的横幅
还静静地挂在那个地方

沏上一壶热茶

静看站上人来人往

守护一方平安

依靠那份毅力坚强

新春一声祝福

祈祷天下太平，鸾凤呈祥

龙惠苹　现供职于广州番禺区石碁中心小学。连续在“新人杯”第二十届、二十一届全国中小学校园文学大赛中被授予“全国校园文学辅导一等奖”称号；被评为片区 2016—2017 年度小学语文教研积极分子，所辅导学生多次获奖。

洵子赞歌

舞象之年
她登上三尺讲台
热情满怀培育英才
一支粉笔绘尽春秋
让人陶醉在无限的知识海洋里

四年的奋进
她如鱼得水
在百花盛开的教坛上
情动、灵动、心动
教学风格独树一帜

十年的磨炼
她涅槃重生
在高手如云的新秀中

披荆斩棘、砥砺前行
绽放最耀眼的光芒

二十年的坚守
她兢兢业业
诲人不倦乃人人学习的楷模
她春风化雨
教育有方成生生爱戴的良师

纵使岁月无情
她仍鞠躬尽瘁
洒下无数心血
滋润万千幼苗
待到秋来丰收时
定当桃李满天下

啊！亲爱的洵子
愿您被光阴温柔以待
青丝不添华发
明眸不爬鱼纹
愿时光不老
我们不散

邓洁仪　现供职于广州恒运企业集团股份有限公司，系化验白班班长。她从事电厂化验26年，把青春献给电力事业，用汗水点亮万家灯火；多次获公司“先进工作者”称号，所在化验室曾被评为“广州市巾帼文明岗”。

电力有我

肩负重任
我从珠江边走过
骄阳和“神探”陪我一起出巡
哦，灯火明亮是我亲爱的厂所
远处炉火熊熊
身边机声隆隆

放心吧，祖国
电力有我
有和我一样的伙伴一起拼搏
我们夜以继日将光明传播
同事们在这里变成了能手
还有青山、绿水
和我们诉说

牢记职责
我郑重地承诺
安全和标准
守护万家灯火
哦，绿色发电是我们的宗旨
超洁净和新能源
护卫蓝天和江河

放心吧，祖国
电力有我
有和我一样的伙伴保电供热
我们在这里有苦也有乐
还有明月、星星
陪我们唱歌

黄曼娜 现供职于广州交通投资集团有限公司，系广州交投实业有限公司员工。业精于勤，时刻在自己的岗位上默默耕耘，不问花果。喜好文学，曾尝试百篇写作，追求潇洒、永不堕落的少年气象，初心不是想被世界看见，而是想看见世界。

劳动者的梦

当幽暗在长夜中昏睡
你低语我的耳旁

听
环卫工在扫街道
当云雾在黎明前氤氲
你附身我的梦境

看
水泥匠在搬砖头
当阳光在清晨里闪烁
你唤醒我的眼眸

见
绿化工在剪枝条

环卫工对水泥匠说

劳动光荣

水泥匠对绿化工说

劳动崇高

而我对你说

梦的样子

是天上的虹

肖嘉辉 现供职于广州农商银行，曾获优秀党员、优秀员工荣誉称号，广州农商银行“5年奉献”原创诗词诵读会冠军以及多项省市级声乐大赛奖项。

我们的年代

如果，时间的光影，都能够倒流
我依然愿做当年最勇猛的开路人
那时，我们和年轻的祖国一样朝气蓬勃
不畏艰险是我们心中熊熊燃烧的热火
那就是我们，那就是我，镰刀铁锤燃烧的年代
想了解我们的青春吗？去问年轻的共和国

如果，羊城的故事，都能从头再说
我依然立足南粤
为田野上最可爱的人们送去甘甜的雨露
那时，虽然狂风骤雨刮打着我们稚嫩的脸庞
但我们的青春像天空般透明
连睡梦都染上太阳的金光
那就是我们，那就是我，硕果累累丰收的年代
想了解我们的青春吗？去问发展的共和国

如果，和谐的乐章，是最美的赞歌
我愿化作天空的百灵，为共和国的腾飞放声高歌
那时，改革的春风吹绿了大江南北，开放的春雷响彻长江内外
我们高唱春天的故事，传递最美的祝愿
那就是我们，那就是我，扬帆起航改革的年代
想了解我们的青春吗？去问富强的共和国

如果，流淌的珠江，是记忆的长河
我愿化作水墨毫笔，用苍劲的笔画书写祖国灿烂的明天
那时，蹉跎岁月酝酿成章，浪潮之巅由我去闯
中国之梦谁能阻挡？
那就是我们，那就是我，追逐梦想奔跑的年代
想了解我们的青春吗？去问腾飞的共和国

我们迎风飘扬的旗帜，是飞向繁荣的翅膀
我们晶莹剔透的瞳孔，是看大千世界的一扇窗
我们乘风破浪的帆影，是永远不会搁浅的信念
我们激情燃烧的岁月，是见证青春最为清晰的印记

朋友们
我们一代又一代传承那青春燃烧的热火
让热火点燃的激情，谱写青春的华章
我们一缕又一缕感受那阳光照耀的温暖
让温暖唤醒冬眠的斗志，吹响胜利的号角
我们一次又一次歌唱那春天动人的赞歌

让动人的赞歌唱出我们心中，并不平凡的过往
我们一笔又一笔书写明天最耀眼的辉煌
让最耀眼的辉煌激励前进的步伐，证明追逐的坚定
那就是我们的年代，那就是我

范俏俏 现供职于广州交通投资集团有限公司，系广州公路工程公司检测公司财务。爱看书、写作、听音乐。梦想走遍世界，看天下繁华，于闲暇中听风看雨，沏一壶清茶，品百味人生。

劳动本色

阳光在挪动，道路在延伸
多年来用理想去浸润现实
早已习惯了脚踏实地匍匐向前
劳动的人明白汗水的意义
却再不会用华丽辞藻去憧憬未来
只因一步一个脚印
是前行最好的方向标

寒来暑往，行色匆匆
四季的更替，人间的冷暖
镌刻在坚守岗位者的心上
多少个酷暑与严寒
我们这样熬过
只因为
盛夏知秋凉，严冬识春暖

更好的未来就是坚守的理由

无名也好，瞩目也罢
一如既往付出的人啊
请不要停下脚步
因为坚持的品格
在最后一刻最为宝贵
请记住
每一次汗流浃背，尘土飞扬
每一次通宵达旦，聚精会神
都是对自己最好的证明

新时代的劳动者啊
让我们一起攀爬高峰
庆祝每一个突破的瞬间
不要忘记
有无数个春秋等待我们书写
有更好的未来将由我们创造
为了自己
为了荣辱与共的集体
更是为了你我的中国梦
让我们一起勇敢地走下去

谢寿国 现任教于广州白云区太和第二小学，系语文老师。2002 年开始文学创作，在《星星》《作品》等报刊发表作品上百篇，曾获第三届叶圣陶教师文学奖单篇主奖等。

白云山札记（组诗）

秋天的白云

秋天如此干净
蓝玻璃似的天空
倒映着青青的溪流
公园里葵花怒放
它们奏响的铜号响彻云霄

你好，秋天的白云山
你好，崛起的白云新城
你好，蒲涧边细小的野菊花

高于大地的山脉
正慢慢俯下身躯
将天边无瑕的白裙摆拢起

秋天，一切都趋于澄澈

我们爱在山上漫游、嬉戏
待到星星把自己洒满苍穹
我们就枕着泉声入眠
摩星岭上星星也触手可及

这多么好
像世间美好的事物
都被紧紧地拥抱着在梦里
不愿离去

献　辞

最后的美
必然是属于你的

风再小，那石头也会说话
竹林深处，一株株青竹
不停地摇曳着身子
它们低声地问：
“秋天到了，有多少梦想
可以水落石出？”

朝前走，就是山崖了
松林里的黄昏住在那儿许久了

它颀长的丝巾，多么美
在时光的间隙里
梅花坳幽深，静谧
蝴蝶花独自开着
九里菊却大片大片地铺向远方

不要说那清风亭里吟诵的老者
当我再次踏上山径
记忆再次复活
白云山，我的白云山
青春的时光曾在这里轻轻打烊

白云山之恋

在山上，我热爱微小的物事
小小的蚂蚁，细碎的光阴
轻轻踩着步子的微风
当年的守林人已经逝去
沿着他旧日的足迹
我找到了过去存在的意义
秋天，落日滚烫
大路朝天，一生的守护
只为心中无比虔诚的家园

往事并不如烟
他虚构成另一个我
孑孑而行，傲然一身
踏过泥泞与崎岖，迎风而立

“谢谢你，守林人！”
“谢谢你，美丽的白云山！”
大地因你而雄壮
珠水因你而回旋

无边的柯林远远地
送来浩浩荡荡的回音

谭翀 现供职于广州番禺区祈福英语实验学校中学部。内敛沉稳又自由散漫，属典型的浪漫主义者，性格中内向因素居多，是沉默的礁石、孤独的飞鹰，但又不失开朗洒脱。企盼有天能找到一条属于自己的人生之路，从此一个人走在来回的路上，用真诚和永恒翻开生命的每一页。

致　你

在我看透世间繁华的时候
你的纯净宛如世外精灵

在我历经人间沧桑的岁月
你的善良点燃所有的希望

当我孤独徘徊在这世道的路口
回眸见你不染尘埃的清澈眼神

人世间所有的风雨、沉重
我愿一个人承受
只希望你
拥抱生活中的美好
让爱充满你的人生
你要幸福地微笑着

陈秀影 现供职于广州番禺区钟村育英小学，系小学语文高级教师。2015年8月被评为番禺区先进教师。2013年撰写的《从理解父母的爱开始——从五年级上册口语交际课“从父母的爱”想到的》被收录进广州市“爱子有方”家庭教育小故事征文活动优秀文集。2017年4月撰写的《浅谈学生课外阅读兴趣和能力的培养》发表于《读写算教学研究与管理》杂志。2018年撰写的《网络时代的家庭教育》获广州市征文活动三等奖。

劳动赞歌

在贫瘠的黄土地里
我看到了最美的颜色
黝黑的肤色

在危险的建筑工地里
我看到了最美的动作
搬进 搬出 捆绑 拆除

在繁忙的交通信号灯旁
我看到最美的风姿
左转 右转 停止 通行

在清幽的早晨
我听到了最美的声音
唰 唰 唰

在喧闹的城市中
我看到了最美的身影
黄色或蓝色的工作服

形形色色的各界劳动者
早早就跳动在街道的各个角落

劳动没有高低贵贱
各行各业的劳动者都是祖国跳动的音符
他们共同谱奏最美的劳动旋律

让我们共谱这劳动赞歌
中国梦 劳动美

林静　现供职于广州港股份有限公司，系广州市青年作家协会会员、黄埔区作家协会会员。作品多次被集团评奖，被中国交通教育研究会（港口）职工分会评为二等奖。曾获集团“新沙杯”现场新闻大赛优秀奖、集团积极通讯员、通讯员好稿奖等，作品见于《广州文艺》《广东港口》《穗港新声》《香雪》等报刊。

坚毅风雨

暴风雨
高尔基的海鸥无畏
让暴风雨来得更猛烈些吧

港口旁的他们
默然向前，低头检查，抬头挥手
奋发前进

公路旁的他们
立然注目，伸手挥动
暴风雨来，还有飞溅的水花
暴风雨猛烈异常！

黄色雨衣，穿行于道
递出份份热然，真情流露！

继续前进

清理朽木败枝

大地清净如初!

暴风雨猛烈，又如何

一切毅然，坚韧，无畏体现!

散文篇

蔡任武 现任职于广州钢铁企业集团，系政策研究室资深研究员。曾在广州气体厂有限公司、中美合资广钢MBA塑料新技术有限公司等单位任高级工程师、工会主席、支部书记、总支副书记、副总经理、总经理等职务，曾被广州市技师学院聘为专家，是广州市职业卫生安全专家库专家。喜爱文学、诗歌，曾在荔湾文艺发表《草原行》，多次参加广钢集团征文并获奖。

幸福都是奋斗出来的

常言道，十年人事几番新，我要说的是31年前的事情了。1987年寒假，华南理工大学的校园比往常安静了很多，绿树在微风中摇曳，冬阳照拂下的东、西湖面闪着金光、泛着涟漪，湖面倒映的树影也显得分外有趣。寒假过后，我们就进入本科第四学年的最后一个学期，不用再上新课程，等完成毕业设计和答辩就可以毕业了。寒假前，一位在化工系任教的同乡伊老师得到喜讯，他家分配到了一所新房子。1969年，伊老师和爱人在华工毕业后双双留校任教，不知不觉从教近20个年头，已是芬芳满堂，桃李遍天下了。听伊老师说，十多年来，他一家四口一直住在一间位于四楼的24平方米宿舍里，两个可爱的女儿分别正在上初中和小学，现在分配到的新居虽说已有十多年房龄，但面积有50平方米，居住条件大有改善。

由于我买了春节前四天回乡的车票，所以回家前忙完一点杂事后，便抽空去了伊老师家拜访。在闲聊中老师得知我要迟几天才回乡，便问我是否有空帮他们搬家。我说好啊，反正这几天也没什么事情做。伊老师听了很高兴，拿出锁匙说，“我带你看新居去！”新居三室一厅共 50 平方米，卧房和客厅都比较狭小，感觉每个卧室内放下一张床就没什么空余的地方了。当时很多单位的住宿条件都不好，伊老师和爱人凭着近二十年教龄双职户及双讲师职称的积分排名，才分配到这间新居，已经算不错了，这也算是对他们多年艰苦拼搏的一种回报吧。分配到新居，老师一家欣喜万分，家中两个小孩都雀跃地说终于拥有自己的房间了，她们咯咯的笑声感染着我，红红的脸蛋像绽放的花儿一般。新居位于一楼，客房后面连着小矮山，中间有一片十多平方米小空地，伊老师双手比画着说：“此地可成为我家的花、菜小基地呀！”这些都让我切身感受到他们满满的幸福。

当时，广州还没有搬家公司。人们搬家时，贵重物品一般是自己收拾，对于大件的家具，如路近的，就邀请几个亲友或同事来帮忙；如路途远些的，就得租借一台货车。由于老师新分配的房子与旧居在同一个小区，并且只隔着三栋楼，所以搬家也就不用租借货车了。到了搬家那天，老师从系里借来了一台人力三轮车，问我会不会骑，我忙摇手说不会。老师说可以教我，他详细讲解了人力三轮车的骑车要领。于是我壮着胆去尝试，第一次，觉得车头太重了，骑起来总是偏向一边。我上车试着踩了两下子，车头不听使唤，都快撞上路边的围墙了。后来，在老师的不断指点下，我反复练习了多次，终于学会了。搬家期间，令我印象深刻的是老师家里的书真多，就像俗语所讲的“孔夫子搬家，都是书”。伊老师对着我调侃，看我家里这么多书，按理说也算学富五车了吧。我和伊老师连续奋战了三天，冬月里也忙出了汗才把家具和书搬到了新居。

老师搬到新居后我还有两天时间才回乡下，于是我问老师还有啥事需要帮忙。老师说，好啊，你学电力，如果有时间就帮我的新居做电插板接线吧。说句心里话，我本科都念了三年半，但却从没有做过电线插板接线这活儿呢！当时只是简单想，这活儿应该不是那么难吧？因为20世纪80年代的家用电插板基本是红木板，在其上面装上保险座以及两孔或三孔插座，非常简单。随后，我按照老师的要求，备好了一堆材料，开始着手有序地进行排列，先用螺丝刀在红木板上画上线和记号，接着抓起手电钻钻孔，然后用木牙螺丝安上保险与插座，最后操起电工剥线钳及改锥，在保险与插座之间接上电线。由于是第一次干这活，忙了一天后，我的右掌心磨起了一个大泡，有点胀痛，看着新居里一堆接好线的电板，我还是蛮有成就感的。

回到乡下的第二天下午，我抽空去了女友家，准岳父热情地留我吃晚饭。闲聊时，准岳父说起家里厨房屋顶的电灯坏掉了，想移装到墙边一个新的位置，材料已经买好，准备叫电工来装。我听到后，心想装个电灯也不是什么难事，就想在准岳父面前露一手，因此，马上跟准岳父说，让我来干吧。准岳父知道我是学电力的，就说好啊，你来干吧，我就不必去请电工了。随后准岳父去买菜准备晚饭，我就提着工具袋、拿着材料，开始在厨房里面忙活起来。很快我就移好了灯座，准备装一个墙边开关，当时看着墙边开关，感觉怪怪的，长这么大，还真的没有摆弄过这玩意儿，一时不知如何下手。摆弄了一阵后，我在开关两头把一根火线和一根零线接了上去。结果呢？我一合上开关，只见眼前猛然一闪，外头飘来一股极浓的焦味，短路了！家里总闸刀开关下边的一大段电线烧煳了！我正在奇怪，为什么总闸刀开关保险丝没有熔断起保护作用呢？一查，原来总保险丝之前装成铜丝了。过了一阵，准岳父买菜回来了，闻到了焦味，问我做得怎么样。我连忙讲“对不起，对不起。刚才接线短路了，烧坏电线了”。那一刻，我羞得恨不得钻到地缝里去！好丢人啊！堂堂一个本科生连个电灯都没有接好。后来还是准岳父请来了村里的电工将线路修好，那天的晚饭也因此比平日推迟了一个多小时。当时见到了女友家的兄弟姐妹陆续下班回家空着肚子等吃饭的场景，我那种说不出的尴尬和羞愧，至今依然深记于脑海之中。

过完寒假，大约是农历年初十，我返校后又到老师的新居去探访，老师对我帮忙搬家的事情，再次隆重地感谢了一番，并邀请我元宵节晚上到他家吃饭。他说每年元宵节，他总会邀请好几个已经毕业了的学生来他家聚餐。后来老师对我说起，帮他新居安装电灯的电工问，在接好电线的半成品电板里，为何每个电板都多装一根电线出来？就是说每只保险座进线口都多装了一根电线。我张大嘴巴，忐忑得不知道如何回答。猛然间，我又想起了前些天在准岳父家里的那件电线短路的尴尬事。这就是我，一个即将毕业本科生的动手水平！我曾安慰自己，刚本科毕业，对着看似简单的家用技术安装工作，动手能力这么上不了台面的恐怕不单是我一个人吧？我想，本科课程安排，除了金工实习之外，如能够安排一些基础技能训练课，我就不会这样出糗了吧！

以上两个简单技术活的经历，让我觉得很羞愧很尴尬，而且极大触动了我的内心！激发了我在毕业参加工作后，不怕脏累，不计得失，狠心学习动手技能，提升技术素养。

转眼到了我们毕业分配的时候，那是 1988 年暑假，学校广播里播唱着“我们今天是桃李芬芳，明天是社会的栋梁……”《毕业歌》的歌词既动听又励志，曲调与旋律至今仍不时在我耳边回响。毕业后，我留在广州，被分配到一家国有企业工作。

我工作的单位是广州化工集团属下的市属国有企业广州气体厂，其前身是位于广州沙面的法国人建的法属东方修焊厂，1936 年建厂时只有一台 10 立方米 / 小时的德国林德制氧设备，1952 年搬迁至工业大道沙园并扩大生产规模。当时工厂的发展除了碰到了资金和技术的瓶颈，还存在专业技术人员紧缺的问题。1988 年引进东德一台 500 立方米 / 小时制氧机组，那时候国内只有位于北京丰台的航天部一〇一站有两台同样的机组。电气仪表方面，厂里设置了一个电工组和一个仪表组，由于当时厂里的电气技术人员另谋高就，一直缺乏大中专院校毕业的电气专业技术人员。当时在工厂的技术线，正规院校的毕业生凤毛麟角，科班出身的只有一个工艺工程师和一个机械工程师。

与其他新员工一样，我在上岗前，参加了三级安全教育和考试。当时厂里的党总支书记对我进行岗前教育时讲：“年轻人，不要怕辛苦，要多学多干！”我忙对着书记唯唯诺诺地说，“好的，好的”。岗前培训后，公司人事员带我到劳保仓领取了工作服，接着将我带到班组去报到上岗。记得当时大约每隔十天或半月，总支书记再次碰见我，都会问我适不适应。我总是回答说：“适应、适应！”其实我内心感觉还是很不适应，因为当时厂里的各项福利待遇都比较低，工作场所机器运转的机械噪声比较大，经常能听到气瓶装卸的刺耳撞击声，住宿人均不足5平方米，一间19平方米的宿舍就住了四个人。总之，工作与生活条件都比较艰苦，难以适应。我记得书记不止一次对我讲，大学生有文化，在基层好好干上三五年，就一定会出成绩。当时，厂里有一位分管气体生产工艺的车间副主任，性格耿直也健谈，他也常鼓励我说：“年轻人，想学真本事，不要惜力，不要怕累，一天下来累了，晚上吃上三碗饭，睡个好觉，第二天好精神又会来！勤学肯干，到哪儿干人家都喜欢。要受人尊敬，自己得先有料！”真的是，好的语言朴素深刻，好的引导催人上进！几十年来我不时地咀嚼与回味，受益良多！

我到电工组见习的一年中，碰到的困难首先是不会讲粤语。虽然基本能够听得懂电台讲的粤语新闻，但是不会说，也怕说错被人笑话。当时的市属企业，大部分员工是本地人，本地人讲普通话叫“褒冬瓜”，在班组如果不讲粤语就难以沟通。一有空闲，我就用粤语狠读报纸，碰到不懂的就马上请教本地师兄弟，在此过程中闹过不少笑话，但我很快就学会了“士啤（备件）”“士巴拿（扳手）”“匙塌胆（启辉器）”等词语。更可喜的是到后来，对“关埋道归德（关门）”“朱义盛（假货）”等粤语典故，不少老广州都没有我懂得多！

在班组工作的第一天，我被班长派去跟一位快退休的（接近60岁）老师傅一起干活，工作内容是将一根3米多长的内径6英寸塑料管弯成

90度，用于安装电线的墙边保护和过渡。这是体力加技术的活，光靠手脚勤快及嘴巴甜是不管用的。我亦步亦趋跟着老师傅，并按照其吩咐，拉电拖板、搬电热炉，师傅又叫我取两个塑料桶来，看这个架势，我就猛然想起了小时候在乡下大晒谷场上见过卖草药的江湖师傅在表演“土脚戏”，在节目表演之前，总有不少道具。江湖师傅打着小铜锣，先来几句开场白：“我塌鼻狮，年年来！本人无康课（本事），真正有康课，是贵乡的老前辈！”然后对着观众深深作揖，谦虚一阵后，就开始进入表演角色了。因为走了一下神，我立刻被师傅大声呵斥了一下：“还不干活！”“我不知道从哪儿干起呀？”我忐忑地问，“师傅，要做什么啊？”老师傅瞪着我，“快到厂内工地提两桶沙子过来”。哦，原来弯管子还要用到沙子。我提来了两桶沙子，只见师傅束了束腰带，迅速地将塑料管的一头用旧布料填住，从管子的另外一头灌沙、夯实，用布扎牢。师傅动作潇洒流畅，像一个精壮的小伙，丝毫不见就快退休的“老”。等师傅忙完一阵，我主动迎接上去：“师傅，我来帮你一下吧？”师傅命我将电热炉通上电，然后自己拍了拍手说：“食支烟先……”（作业地点可明火作业，没有禁烟）。只见师傅从衣袋里摸出一个铁盒，铁盒子里放着一小沓烟纸，烟纸下面盖着实实的一层烟丝，一股烟香味扑鼻而来，师傅认真熟练地卷好了烟，问我是否也要来一根？我摇头说不会。这时油然想起读小学时的寒暑假，我跟着哥哥参加生产队种番薯藤或收晒萝卜，赚取小工工分的情景，于中间休息或收工等待记工分时，年长的队员坐在田埂或石基上休息，也是这样卷纸烟抽烟，劳动的小憩藏着简单的幸福。

抽完纸烟，电炉也热好了，师傅操作着塑料管一头，叫我扶着塑料管的另一头。我俩将管子悬于电炉面上2~3寸高，转着管子烘烤已量好尺寸的部位，只见管子开始渐现弧度，弯曲逐渐变大。过了好一阵子，师傅叫我“猫低”！我没听明白，便站了起来。突然听到师傅一阵怒吼：“叫你‘猫低’，你干吗起来！傻仔！耳聋啊？”我感到莫名其妙，脸上热辣辣的，觉得很委屈，我问：“什么叫‘猫低’啊？”这时班长走到我们身边，帮我打了圆场："傻仔，猫低就是蹲下。"这时，看到管子由于我的起身站立被弯成锐角80多度，我觉得十分对不起师傅。后来我们对管子重新进行了烘烤，终于掰回90度直角。收工后，我跟师傅道歉，师傅拍着我的肩膀说："后生仔受得了骂，还算不错！"我内心知道，老师傅口是凶点，身上却有不少优点值得学习，比如心细技优。

若参加工作的当月是15日前报到上班，能拿到全月工资，15日之后就只能拿半月的工资。因为我是13日报到的，拿到了第一个月全额工资，共90多元（含基本工资59元和其他补贴）。从第二个月起，除了工资，还有奖金，奖金数额与公司生产效益挂钩，月均20~40元不等。见习期间苦乐相间、技能收获良多，一年很快过去，我写了见习总结，由电工班长加了评语再上交科室领导，然后上报厂部。经过一定程序之后，进厂第二年，我就被调至生产设备科做科室管理人员，成为助理工程师。助理工程师月度基本工资调升为75元。之后，我再到车间和班组去，原来车间和班组的同事已经对着我"蔡工、蔡工"地叫了。

因为十年如一日地坚持学习，并且深入车间第一线，经常与工人们打成一片，我个人的技术水平和工作经验也得到极大提升。记得有一次制氧车间维修任务紧迫，但位于6米多高的天车却发生了故障，为抢修天车，需用两把十三级的竹梯驳接在一起才够高度。当时我爬上驳接梯，右脚踩着梯级，左脚跨着上一梯级以确保安全防滑；右手操着改锥，左手拽着元件，嘴里咬着手电筒照明。在高空上我满头大汗奋战了一个多小时完成了天车抢修，获得了公司领导和同事们的肯定和赞赏。

20世纪80年代末到90年代期间，国家的改革开放逐步向纵深推进，我们工厂也开展了改革、改组、改造和加强管理的三改一加强。从1936年算起，工厂的发展历程就是广州企业前进发展的一个缩影。1994年工厂引进美国2000米^3/时制氧机，开展了引进设备消化攻关及技术改造和建设项目，比如建设混合气车间、广州第一家医用氧气车间等。通过刻苦学习技能和解决生产技术的实际问题，我个人的专业水平和管理经验长足进步。公司 10KV、6KV 电房，4 台变压器装机容量 3430KVA，鼠笼式异步电动机高压电抗器启动、自耦启动、Y-三角启动，绕线式异步电动机启动，同步电动机励磁启动，直流电动机启动，车间电器防火防爆设计，防雷设计等，我都能够熟练掌握。利用自身掌握的电气控制线路设计、安装、维修等技能，我完成了德国、美国进口设备控制技术的吸收消化应用，并向新进厂技术工人讲述基础课，带领新进厂中专毕业生开展专业工作。至2000 年，我已经本科毕业 12 年，在工厂里取得了不少专业和管理业绩，参与的几个技改项目还获得了集团级别的奖励，自己先后被评为公司先进工作者、十佳职工，并考取工程师、高级工程师资格，成长为公司高级管理人员，进入了新的管理岗位。为了做好新岗位的工作，提升思维和扩大视野，我继续深入学习安全、ISO、财务等其他管理知识和管理技能，自费攻读管理学硕士学位。

我深深感到，中国梦，贯穿在每个中国人的工作与生活当中。纵观历史，万事均是开头难，而成大事者何尝不是“生于微末，起于垄亩”。设若我们在自己的岗位上，能以“无知是耻辱，知耻近乎勇”的精神工作，不怕苦累、不怕脏难，勤于思考、善于总结，诚恳踏实地干，又何愁不能在专业上早出成绩、快出成绩呢？而当有能力与机会，为企业、为社会多做贡献的时候，我们往往就能体会到成长与进步之道，契合着“好事尽从难处得，少年无向易中轻”的至理名言。

人，在劳动中成长与圆梦，也享受着劳动给予的美与快乐。

唐荣花 现供职于广州荔湾区东沙博雅实验学校，系团委书记，中共党员，是一枚热爱生活的“80后”女子。人虽娇小玲珑，却散发出满满的正能量。

生活虽苦，但我且行且欢笑
——外来工子弟学校教师的番外三篇

第一篇 华丽转身正是噩梦的伊始

在路灯关掉的那一刻，我听到天使收起翅膀，向殷红的天边飞去的声音。

签订合同的那一天，我清楚地记得，是2006年8月17日。就这样，我进了广州市海珠区海洋小学，从一名大学生成了一名民办教师。

我期望，华丽转身后的我，去迎接更精彩的人生。

终于迎来了开学的那一天，但这也是噩梦开始的时刻。我被安排做一年级三班的班主任。一大早，我到教室等学生，喜悦而忐忑。既渴望看到小朋友稚嫩的小脸，又担心不知如何面对这一群淘气鬼。

在恍惚中，我看到了一教室的人，黑沉沉一大片。抬头望去，不见小脸，尽是家长望向我的笑脸。

待我一一安排学生按顺序坐下后，早餐铃声响了，我还没有问学生谁要吃早餐，家长就一窝蜂挤到讲台前，争先恐后为自己的孩子打起早餐来。

这时，我的电话响了，在教室听不清楚，我走到操场上接听。电话是班上一个叫钟贤的学生的爸爸打来的，说今天校车没有接到他的小孩。他对着话筒大声地骂人，全是粤语。

这家长，什么素质？我一下蒙了。只好向他解释，家长自己送过来，随后我会联系跟车老师，问清楚是什么情况再跟家长解释。

家长将孩子送到教室，又是发牢骚，又是发脾气漫骂学校，态度特别恶劣。

我忙着照看班上46名小朋友，没有过多的时间去理他。他骂完，气消了就回去了。

下午放学，把学生送上校车后，我还没喘过气来，手机又响了，一接，是钟贤的妈妈，我的“您好”还没讲完，电话那头就又是一顿臭骂。

原来，是跟车老师送钟贤到站点时，家长还差一步才能赶到，跟车老师就把孩子留在站点，跟校车走了。其实，没有亲自把孩子送到家长手中是存在一定安全隐患。我不停地赔礼道歉，还保证说会与跟车老师沟通好，以后不会再出现这样的问题。但这名家长还是一点都不把老师放在眼里。

慢慢地走回教室，我的眼泪早就铺满脸庞。

是委屈吗？是愤怒吗？还是……

晚上，开教师会议，区校长和徐主任在上面讲了什么，我一句都没入耳，只是想着会后，我要第一时间找到她们，提出辞职！

开学的第一天，辞职！多吓人的决定！但我无法承受这突如其来的委屈！

在校长室，区校长和徐主任都在，我一句话还没说出来，眼泪就不争气地往下掉。徐主任赶紧抽了几张纸巾递给我，忙说：“有话慢慢说，有话慢慢说……”

我边抽泣边把事情经过说了出来，越说越委屈，越委屈越抽泣。徐主任端来温开水递给我，还是那一句“有话慢慢说”。

待我说完了，徐主任双手搭在我的肩膀上，以示她和我有同样的感受。

但她更理智地回答我，不能离职，这是学校的规定。离职，需要至少提前一个月提出来。

随后，她挨着我坐下来，先是强调这只是个别家长的行为，其他家长都很好相处和沟通，毕竟，大家都还是很尊重老师的。

接着，她说道，在民办学校，时不时也会遇到这种无理取闹的家长，但我们作为民办老师，要懂得保护自己，同时也要学会跟这种家长沟通的技巧，有时以牙还牙，有时以退为进。

最后，她还说道，我们当一名教师的初心，不就是教书育人吗？越是蛮不讲理的家长，他家的小孩就越需要我们去教育。教师的责任、对未来花朵的负责等这些字句，早就印在我们的教师资格证上，不是吗？

徐主任的一番话，让我的心平静了下来。

走出校门时，凉风徐徐吹起，徐主任笑着对我说：“今天是周五，周末好好休息，两天后，我期待看到你满血复活地站在讲台上。”

我也期待。

第二篇　擦亮每一个日子

一个个外来工，怀揣着对美好生活的向往来到城市，他们把希望寄托在下一代身上，希望孩子能受到好的教育。其实这群孩子一直处于城市的边缘，期盼被关注。

我在广州外来工子弟学校教书，一待就是六年。这六年的光阴打磨，使得我对教学工作更加轻车熟路，有自己独特的教学风格和教育理念。这时的自己，已经转到荔湾区一个更大的民办学校任教，坚守着自己的教育理念，关爱每一位外来务工者的子女。

2012 年 9 月 10 日，教师节，我像平常一样，走向二年级三班，看见一名陌生的学生坐在教室走廊，想必又是课堂不听话，让上课老师赶出来了。班主任对我说："哎，刚插班进来就打架，全班都被他揍了。批评了他，他就乱发脾气。嗯，他……没有妈妈。"

如此学生，听到就头痛，别说遇到了。

开始上课了，我拉着他走进教室。他竟然坐回了座位。这一举动，让我知道，他缺少关注。随后，我假装不经意地来到他面前，轻轻地问："书本呢？"就是想看看他叫什么名字，并且刻意记住了——王德权。

这是一个没有妈妈的孩子，缺少母爱。

在接下来的半节课，我刻意去留意他的小进步，并表扬他。尽管他还是故意在课堂捣乱，但他已经知道老师在关注他，于是心平气和地上完了后半节课。

家庭的完整对一个孩子的成长是多么重要。这是一个需要关爱的孩子，我有义务和责任来感化这个孩子。在接下来的日子里，我试着和他聊天，送小礼物给他，经常在班上让他帮忙做事。虽然有时他还会乱发脾气，但已经努力学习了控制情绪，学会了约束自己。

一天，王德权雀跃地跑到我的办公室，说："老师，我从家里给您带了一个西红柿。"我一看，是柿子，不是西红柿。多稚气的孩子，多让人心酸的孩子，西红柿和柿子都分不清，如果有妈妈，谁会到八九岁还分不清柿子和西红柿？我的心隐隐作痛，一种使命感在呼唤我。我告诉自己，要弥补这份缺失的母爱！

第二天，我走进教室，面带忧伤地对全班同学讲了一件事："唐老师以前认了一个'干儿子'。现在，他长大了，要随着爸爸到外省读书了。"

这时，我看到王德权眼里闪着兴奋的光芒。其实，这话就是说给他听的。接着，我郑重地对着他们说："虽然我的'干儿子'现在不在我身边了，但我决定在咱们班上再认一个'干儿子'。同学们，你们觉得谁最合适呢？"

"王——德——权！"学生们都不约而同地喊出了他的名字。我微笑着走到他的身边，轻轻地问道："你愿意做我的'干儿子'吗？"

王德权欢喜地点着头，两眼泛着泪花。在这关键时刻，我马上提出我的要求："唐老师的'干儿子'必须是一个爱学习并且和同学团结友爱的好学生。我相信王德权能做到，咱们班的同学也都期待他能做到。并且，唐老师也希望全班同学都帮助我的'干儿子'，让他一次比一次有进步！"

班长竟然带动全班同学有默契地鼓掌。我知道，希望的曙光已经照在了王德权的身上。

因为有了"干儿子"这个头衔，王德权开始有了改变。他不敢辜负"干妈"对他的期望，上课认真听讲，课后及时完成作业，基础知识很快就掌握了。同学们看着我都接纳他当"干儿子"了，也争先恐后地来和他做朋友，包容他的过错与缺点。他的性情在大家和谐相处中渐渐地转变。其实，他很优秀，只不过是不完整的家庭带给了他"扭曲的心理"。

渐渐地，他敞开了心扉，接受了集体，接纳了生活。现在每天看着他在课堂上安静地听课，专心地学习，我就感到无限的欣慰。

在我们身边还有很多这样需要我们去关爱的学生，即使一句善意的谎言，也可以温暖他们的心灵。面对这群处于城市边缘的孩子，作为教师，我们又何尝不是时刻守护教育的良知，关爱每一个孩子，擦亮每一个日子呢？

第三篇　教师无法承受的生命之痛

2013 年 6 月 22 日，清晨醒来，头痛欲裂。脑海浮现出那个可爱的小脸孔，黑眸亮光，尖尖的小鼻子，淘气的嘴巴喜欢往上翘。只是，让认识他的人痛心的是，他溺水了。

谁能承受这生命之重？

广州是一个外来工很多的城市，我虽然一直在外来工子弟学校教书，但和孩子们一样，游离在城市的边缘，仰望着这座美丽的城市。

2013年上半年，我任教小学二年级语文。

开学的第一天，就遇到一个棘手的学生，小龙。他被父亲从乡下接到这里来读书。父亲把他送进教室，他紧紧抓住门框不放。他的父亲用力拉他，竟没拉动，想不到一个小孩子，犟起来力气那么大！他父亲越拉越生气，冲动之下，踹了他一脚，甩了他两巴掌，用力把他抱起，扔在了教室的座位上。

整个过程，都像在演激烈的斗争哑剧，没有一句台词。我口呆目瞪，粗暴的父亲，倔强的儿子。

当父亲走出教室时，我生气地对他说："请不要这样对孩子！"他更生气地对我说："不这样对他，就教不好他。"

这是什么教育？家长的教育天平失衡了，我必须纠正，只是，现在不是时候。我挥手让家长离去，说："放心上班去吧，这里有老师。"

我心痛地走到小龙身边，他竟然连一滴眼泪都没有掉，父亲这样动粗，难道他已经习惯了吗？不，他的眼神透露着愤怒与沮丧。我拍拍他肩膀，对全班同学说："欢迎小龙加入我们的小天地。"顿时，教室里响起了一片掌声，小龙的脸上瞬间有了笑意。孩子就是孩子，情绪来得快，去得也快。

小龙在乡村当了一年留守儿童。这一年，他在乡下的学校读了一年级，但没学到一点知识，唯一认识的字就是自己的名字。

如今，他一来这里便读二年级，因没有一点基础，学起来非常吃力。上课时，虽然他常常盯着黑板，盯着老师，大脑却在神游。老师们每次提醒他专注于学习时，他只是羞涩地笑笑。下课后，他极少和同学们一起做游戏，而是喜欢一个人趴在课桌上玩弄自己带来的玩具。

我和小龙的父亲一直沟通，建议他每天辅导孩子的家庭作业并多和孩子进行亲子活动。他每次都无奈地说："老师，生活艰难呀，我不加班加点赚钱，怎么能供他读书呢？"我听着，心里拔凉拔凉的。

不过，小龙的父亲还是挺疼爱他的。看到小龙有一点儿进步，就给他买新鞋、新玩具。他在用自己的方式爱孩子。

尽管每次测试，小龙的成绩都不及格，但他是有进步的。每次发试卷时，我都会扬着小龙的卷子说："同学们看吧，小龙有进步。"他就会屁颠屁颠地跑上来领试卷，脸上乐开了花。

班上的同学也爱帮助他，他不会做的习题，同学们都耐心地讲解，手把手地教会他。但是，每次放学回家后，家长就放任他自由玩耍。有时他玩疯了，三更半夜才回家。我跟小龙的父亲交流了几次，警醒他要注意孩子的安全。每次他都轻松地笑，说："老师，农民的孩子没有那么宝贵的。"

时间就在孩子们的琅琅读书声中悄然流逝，一个学年快结束了，同学们都井然有序地准备着期末考试。

那个下午的语文课，我让同学们当老师，走上讲台，把书本的知识点写在黑板上，孩子们雀跃极了。轮到小龙时，他在黑板前停留了很久，什么都没写出来。他抬头望着我，那黑黑的眸子，似乎在渴望我的宽恕。我笑着对他说："没关系，你下去吧。"他乖乖地回到座位上，看着我的脸，淘气的嘴角往上翘。我知道，他已经喜欢上了这里。

只是，有谁会料到，这是我和他的最后一次见面！

6月21日早上，小龙的父亲打电话来说，小龙昨晚接回家后，就出去玩了，一直没回来。他们也找了一个晚上，一点音信都没有。当时，我对着电话大声吼："你们怎么当家长的？经常这样放任他，生了他又不教育他。"

下午，小龙的父亲打来了电话，哽咽地说："老师，小龙找到了。尸体在江面上漂着。"我怀疑自己听错了，不敢相信，重复着问："什么？什么？什么？"电话那端，传出小龙爸爸压抑着伤痛的声音，"小龙死了……”

霎时，我的眼泪夺眶而出。一个活生生的小精灵，昨天还对我淘气地翘嘴巴，今天就安静地躺在家人怀中，任他们撕心裂肺地痛哭而再没有任何回应。

后来，我们在警方的协助下，观看了当时的视频：小龙出了家门后，来到江边玩耍，没过多久便脱掉了衣服，慢慢地走到江水里。在水中自由嬉水玩乐，一不小心，踩滑一只脚，整个人陷进了水中，两手不断在水面拍打、挣扎……

小龙的离开，使我恐慌了很长一段时间。

我相信，他在另一个世界一定会幸福快乐地成长。

我沉默了一年，在这一年里，我思考了很多。2014 年，在各种机缘巧合下，我代表学校和世界宣明会成功谈下了一个项目——关爱儿童。

很快，世界宣明会在学校附近建立了一个儿童妇女之家——小青苗计划。学校的孩子们都得到了世界宣明会的资助与关爱，开展的各种活动丰富了他们的生活，其中，社工向孩子们和家长们普及了很多安全知识，并提供了很多家庭教育方法。让我感到欣慰的是，孩子们放学后有了一个安全的去处，在小青苗看书、写作业、做手工等。

每次放学后，在学校安安静静备课时，望向窗外，我仿佛能听到孩子们在小青苗欢快的笑声。

能为孩子们做一点事，令我心满意足。

奋斗之路，虽洒满了汗水，但我却能闻到路边花开的芬芳。

陈丹纯 系广东省作家协会会员，广州市青年作家协会散文委执行主任，白云区文化馆文学创作辅导员。曾任广州青年报社记者，《都市人》杂志记者，《生力军》编辑。作品散见于《南方日报》《羊城晚报》《南方都市报》《南方工报》等刊物。

“向日葵”的笑容

“你的快递到啦，我帮你拿上来放在桌上了。”当我爬楼梯上楼的时候，正好撞见她要离开。我点点头，连连道谢。

这时候，我抬头看见，她瘦弱的肩上背着一个米色的布艺环保袋，环保袋看起来干瘪瘪的，里面只有水杯和雨伞。

“干瘪”这个词，很容易让我想起她的笑容。她很瘦，155 厘米的个子，体重大概不到 80 斤。她虽然只有 40 多岁，但脸上的细纹已经长了很多。尤其是笑的时候，法令纹尤为明显。我想这大概是过度劳累所致。

她是我们单位的清洁大姐。无论见了谁，都会主动打一声招呼，然后继续埋头干活。她每天早上上班，下午休息，听起来很轻松的样子，但实际上并非如此。她每天要打扫 8 个办公室，包括扫地、拖地、擦桌子。如果恰逢单位有活动，她还要额外打扫会议室、活动室等。

她总是在人们上班之前就搞好卫生，等到大家陆续到来的时候，她就悄悄离开。

我有次很早到办公室，一打开门，闷了一个晚上的难闻气味扑鼻而来，呛得我直恶心。开门、开窗、开空调，我重复着这一系列她日常做的工作，觉得有点烦躁。

当她在打扫卫生的时候，她在想什么？我脑海里突然冒出这一句和村上春树的“当我在跑步的时候，我在想什么”相似的疑问。

在我神游太虚的时候，她到了。她轻手轻脚地进门，看到我在吃了一惊，问道：“你今天这么早，吃早餐了吗？”我答：“吃啦。”

她点点头，开始了她的劳作——给每个人的垃圾桶换上干净的垃圾袋。整个办公室有十几个人，这意味着她要俯身弯腰十几次。我看着她背上的点点汗渍，若有所思。

广州的夏天很热，窗外的树木依旧青翠欲滴，知了在繁密的枝头不知疲倦地鸣叫。八点钟不到，太阳却已经高挂。这时候特别容易让人联想起“阳光是恶毒的”这种句子。可是，大多数时候，我们来到办公室，就可以马上享受到她一早为我们开好的冷气。

换完垃圾袋，她开始扫地。她仔细地打扫每张桌子、椅子底下的灰尘、废纸。整个过程大概持续了 20 分钟，她一直保持安静的状态。扫完后，她开始拖地。拖把已经被拧得很干了，她的动作很利索，很快地板也被拖得一尘不染。

我想差不多应该完事了，但并没有。没多久她又拿来了一块抹布，她整理并擦拭着每个人桌面上的东西。我看到她前额的头发已经湿了，脸上渗出细汗。

“你休息一会儿吧。”我看不下去了，冲她说道。

她抬起头，露出一个憨憨的笑容说，“没事，很快就搞完了。”

看到她一忙完，又给办公室的盆栽一一浇水。我欲言又止了。

办公室里有两个盆栽架子，上面摆有很多花花草草。当初本着美化办公环境而购置的，此刻竟成为她的“额外负担”，我有点自责起来了。

“其实你不需要这么细致的，反正也没人注意这些。”我忍不住说道。

她愣了一下，大概是没想到我会这么说，而后又摇了摇头说：“这是我的工作，能干好就干好吧。”

“可是你这样子会很累的。垃圾袋我们可以自己换，桌子也可以自己擦。”我说。

“你们工作那么忙，那么累，我能多帮一点是一点呀。”说罢，她又露出了憨厚的笑容。

不知道为什么，这一刻，我觉得她的笑容好像一朵正在慢慢盛开的向日葵，越来越大，越来越美。

她看起来很弱小，但却很“强大”。有一回，办公室的老鼠胶粘住了一只老鼠。老鼠特别大，还不时挣扎扭动着。一时之间，大家都惊慌失措了。这时，她立马拿着一个袋子走过去，小心翼翼地把老鼠贴连同老鼠一起提起来，装进袋子拿了出去。

在场惊魂未定的人目瞪口呆地看着这一幕。瘦弱的她，和她刚刚所做的事情，明显很“不搭”。等她收拾好回来拿东西的时候，大家七嘴八舌地问她，你怎么那么勇敢？她回答：“其实我也很怕老鼠，但是总不能让它一直留在那里吧。”

听到这个答案，我有点惊讶。

清洁大姐是万能的。她不仅会搞清洁、抓老鼠，还会装订档案。领导有一次一时兴起，安排她搞完清洁后给档案资料进行人工装订，她一口答应了。从那以后，办公室的一个角落就出现了这个场景——她坐在小沙发上认真地装订档案，神情专注。

其实，装订档案这项工作和她的工作是八竿子打不着的，这并不在她的工作范围内。她原本可以直接拒绝，但她却没有。这让我心生纳闷。

“你为什么不拒绝这个不合理的安排呢？”看着那一堆垒得很高的档案

盒，我问。

她一边手不停地翻页，一边回答：“没事啦，我每天整理一点，迟早可以整理完。”

“可这是浪费你的私人时间，又没有给你加班费。”我不死心地反驳着。

“其实，我觉得工作不一定要分得那么清楚。干得了的就干，干不了再说嘛。再说了，我多干一点，别人就少干一点，不是吗？”她乐呵呵地说。

她的回答，让我瞬间肃然起敬。

她不在乎自己每个月只有微薄的工资，不在乎自己工作量大，而只是想着自己多干点，别人就可以少干点，这么简单又淳朴的回答，让一向能言善辩的我词穷了。

“其实，很多人羡慕你们这种坐在办公室的工作，但我觉得我的工作也挺好啊。看着一切都是整洁干净的样子，我就很有成就感。”看到我陷入了深思，她忽然说。

我怔怔地看着她脸上的笑容，像一株努力朝着太阳生长的向日葵，那么动人、那么美丽。

萧小铃　现供职于广州番禺区市桥富豪山庄小学。从事教学工作5年以来，不断探索灵活、高效的教学方法，联系生活，深入浅出，让学生体会语文之美，深受学生喜爱。曾多次获得市级、区级奖项，教学能力得到领导、同行的肯定，是广州市小学语文中心教研组后备成员。

百变的您，美丽的您

在激烈的马拉松赛场上，她赤脚驰骋，屡创佳绩，让人啧啧称赞；在恬静的校园里，她潜心笃志，甘于奉献，办人民满意的教育。

她是谁？她是各大新闻媒体争相报道的马拉松爱好者，她是爱生如子的好老师，她是事必躬亲的好校长，她是家长信赖的办学者……她是我们爱戴的小溪姐姐——番禺区屏山小学的刘锦霞校长。

百变的您，就像一本让人读不尽的书。

您是孩子们最好的老师

“同学们，你们猜猜，今天我给大家带来了什么？”您在台上笑意盈盈，给孩子们卖卖关子。孩子们冥思苦想，却又“丈二和尚——摸不着头脑”，只好眼巴巴地盯着您，渴望您快点揭开“谜底”。这时，您缓缓地从口袋里掏出一个小包裹，然后，小心翼翼地打开手帕，一块闪闪发亮的金牌“隆重亮相”，台下的孩子们不禁哗然，“哇——”孩子们纷纷交头接耳，试图打探这块金牌的由来。

“孩子们，想知道我是怎么得来这块金牌的吗？”您这一句话真是“威力无穷”，整个会场马上鸦雀无声，因为孩子们满心好奇，期待您为他们“解谜”。原来这是您刚跑完一场马拉松而获得的奖牌。第一次听到“马拉松”这个词，孩子们尤感陌生，脑袋里肯定有“十万个为什么”，您都耐心地为孩子们一一解答，满足了他们的好奇心，“什么是马拉松？”“马拉松，到底得跑多远？”“跑这么远，不累吗？”

“脚底的路再长，也抵不过坚持的力量。坚持很重要，坚持你的梦想，只要你努力，你比别人多坚持几分钟，你就能实现你的梦想。”您身体力行，为孩子们诠释了“坚持”的意义。您说，您不仅是为梦想而跑，还是为爱而跑。“我跑一公里，你捐两元钱”，在广江百公里慈善跑中，您为患有先天性心脏病的孩子筹得 16000 多元。您身体力行，为孩子们诠释了“赠人玫瑰，手留余香”的意义，在他们心中播下了善良的种子。

不知不觉，您已经坚持跑了八年马拉松，合计 91 场赛事了。这位赤脚的马拉松女子运动员，是赛场上的一道亮丽的风景线，吸引了不少新闻媒体争相报道。在《南方都市报》采访中，您说道：“不是说跑得多就光荣，我只是想做个榜样给学生们看。看着我这么做，学生们也会尝试模仿。”是的，言传不及身教。您是孩子们最好的老师！

您知道吗？您已经成了孩子们心中的“神”。

您是老师们最好的榜样

早上 7：50，您一定会准时到校门站岗，雷打不动，只为给孩子们道一声“早上好”。您“走出去”发现“别人家的孩子”都有良好的读书环境，您也不让“自家的孩子”输在起跑线上，马上“引进来”，在校园内建立多处读书阁，只为让孩子们随时随地都能“与书为友”。学困生在校园里的生活依然是快乐的、幸福的，因为您总是对他们宠爱有加，包容他们的稚拙，肯定他们的点滴进步，哪怕是一丁点的进步，他们都会收到刘校长的“马拉松战果”作为奖励，或是明信片，或是纪念衣。您说：“不要把教育看作一份职业，而是应该看成自己的事业。”本来我也不明白这是什么意思，但是，看到您为孩子们做的这一切，我知道了：爱在左，情在右，在生命的两旁，随时撒种，随时开花，将这一径长途点缀得花香弥漫，使得穿花拂叶的行人，踏着荆棘，不觉痛苦，有泪可挥，不觉悲凉！真正的教育也应当如此。

不仅小孩子让您操碎了心，连“大孩子”也成为您最深的牵挂。“教学新兵”初踏讲台，他们的课堂也总有您的身影，您不厌其烦地为他们听课、评课，只为让青年教师快速成长；尽管忙碌的工作压得您喘不过气来，但是您依然抽空对每一位教师进行家访，走进他们的生活，因为您坚信，同事之间多一份理解，就会多一份包容。在屏山小学这部字典里，永远不会有“人走茶凉”这个词，因为您是个重情义的人，每个学期总会抽空慰问退休教师，始终温暖着大家的心。孟子曰：“君子所以异于人者，以其存心也。君子以仁存心，以礼存心。仁者爱人，有礼者敬人。爱人者，人恒爱之；敬人者，人恒敬之 。”您以一颗仁心，凝聚了一个集体的心，使屏山小学成为名副其实的“团队”，众志成城，上下一心。

您春风化雨的育人方式影响着同样为人师表的我们，您待人处事的态度感染着身为晚辈的我们，您是老师们最好的榜样！

您知道吗？您已经成了老师们心中的“神”。

我们想成为您

陶行知曾说：“校长是一所学校的灵魂。”您是我们的灵魂，我们的主心骨。您在操场上跑着，跑着，孩子们一个接一个地加入到队伍中，跟着您跑了一圈又一圈；您在工作上忙着，忙着，老师们也前赴后继地干好这份“良心活”，学着您把事情一件一件干漂亮……因为，我们想成为您。

做好一个角色，实属不易；做好多个角色，更是难能可贵。能干的您，以百变的形象践行一个不变的教育理念：“阅美于心，历美于行”。您说，最美的风景在路上。我们想成为您，于是，我们便跟着您，一起踏上历奇之旅，寻找美，创造美！

百变的您，美丽的您，谢谢您指引我们一路前行。“我们想成为您”，这一定是对一位教育工作者最高的评价。亲爱的刘校长，您当之无愧！

何善泉 现供职于意力（广州）电子科技有限公司，系质量管理人员、工会委员，广州市作家协会会员，广州市黄埔区作家协会副主席，广州市黄埔区语言艺术协会监事，电视、诗歌、散文、制作编辑。

让雏燕快乐飞翔

一个家园，一座爱心流动充满真情温暖的小城。

一个人，感动了无数个来穗务工人员……

广州，鲜花盛开的五月，骄阳似火，它孕育着热情，孕育着希望。带着仰慕的心情，我来到了广州市黄埔区的乐飞家园，采访被众多来穗务工的年轻人敬称为“好姐姐”“好妈妈”的广州好人——广州乐飞物业管理有限公司总经理陈映珊。

坐落在广州市高新技术开发区科学城的乐飞家园是广州一道亮丽的风景线。这里，环境优雅、卫生整洁、综合配套设施齐全，居住着近6000名来穗务工人员。它就像琴弦，弹奏着一曲异地来穗务工人员的生活之歌；它就像画笔，描绘着一幅异地来穗务工人员的新时代画卷。

在乐飞家园，在广州，有一个人被广为称颂。她，就是广州市党代表、广州市黄埔区人大代表、“广州好人”称号获得者陈映珊。清新的短发、温婉的笑容、温柔的话语、干练的作风，这是陈映珊留给我的第一印象。面对我的采访，陈映珊不好意思地说：“我就是一名普通的乐飞人，一个为来穗务工人员服务的人。”“是什么支撑你去做关爱来穗务工人员的事业？”面对我的提问，陈映珊动情地说：“我是一名母亲，这些来穗务工的年轻人都远离父母，能看到这些孩子的笑脸，是我最大的幸福，再苦再累也值得。”

善心无疆界，大爱济人间，陈映珊的故事打动了无数人的心，也感动着广州这座美丽的花城。她质朴、谦和、善良、热情……以良好的职业道德和优质的服务，阐释了不平凡的美丽人生。

引 子

岁月流逝，流走的是时光，留下的却是深深的记忆。这些年，陈映珊一直致力于为漂泊异乡的年轻人搭建一个安身的家、一个避风的港湾，好让这些雏燕在南国广州的天空快乐地飞翔。

乐飞家园是配合区政府招商引资建成的。所有入住乐飞家园的来穗务工人员都来自广州开发区内的各大企业，通过企业整体承租的方式入住。这里居住的工人大多是年轻人，他们来自五湖四海，河南、吉林、四川、江西、湖南、贵州……

2010 年，一直在国企工作的陈映珊成为乐飞物业管理公司的一员。刚到乐飞，呈现在陈映珊眼前的是这样一个场景：来自 LG、新谱、日立、美维电子、意力电子等十几家中、日、韩、台资企业的员工下班回到家，将在工作中不容易表现出来的坏习惯展露无遗，随地丢垃圾、损坏公物、攀爬围墙……明明 20 米外就是大门，但是有的人却宁愿通过爬围墙进入。每天早上，园中垃圾遍地，宿舍的墙上、地面也是一片狼藉……

皎洁的月光下，乐飞的林中小道上，陈映珊来回踱步。有什么办法可以改变这种现象？用什么方法让孩子们融入家园呢？作为物业管理者，陈映珊想了很多很多。她想得更多的是怎么通过服务把孩子们引导好，创造洁净温馨的生活环境。

于是，陈映珊带领她的团队快速行动起来。

为来穗务工人员营造良好家园

家园，是栖息安身之所。

家园，是能量的加油站。

为了给孩子们营造一个舒适的家园，陈映珊和她的团队在乐飞家园配置了超市、药店、洗衣店、ATM、美食街、发廊等生活配套设施，让孩子们足不出园就能满足基本生活需求；他们建设了各类文体娱乐设施，篮球场、乒乓球场、桌球室、电子游戏机、电脑教育室、阅览室、移动数字图书馆、KTV、大型网吧等，以丰富来穗务工年轻人的休闲娱乐方式。

阅报栏中张贴了《吉林日报》《四川日报》《湖南日报》《浙江日报》《江西日报》等各省份报纸，定期更换。年轻人从这里既可以知道天下大事，又能随时了解家乡动态，以解思乡之情。

在乐飞篮球场，一群年轻人生龙活虎地传球，在赛场你追我赶，形成一幅鲜明动感的画面，在球场尽情展示青春、激情、活力。

“乒乒乓乓乒乒乓，长方桌上摆战场，你扣杀呀我推挡，小小球儿闪银光。”在乐飞乒乓球室，小小的乒乓球在空中划出一道道优美的弧线，也从年轻人心里飞出了一个个快乐的音符。

明亮的窗口是它晶莹的眸子，把众多年轻人吸引到它的怀抱，在这小小的翠岛给求知的理想之舟加足燃料，这就是乐飞图书阅览室的写照。在这个阅览室，孩子们像一只只辛勤的蜜蜂，尽情地吸吮着知识的营养。

孩子们饿了，就近就能吃到美食；孩子们需要取款，就近就有自动柜员机；孩子们需要购物，就近就有商场；孩子们病了，就近就有药店……

像这样集文化、体育、生活等配套设施于一体的地方，凝聚了陈映珊和其管理团队人员的心血，也填满了众多来穗务工人员的业余时间，极大地丰富了他们的生活。2012 年乐飞家园入选广州市和谐物业幸福小区，也是唯一入选的异地务工人员公寓。2011 年，陈映珊建立了全国第一个异地务工人员公寓文化网站，“给孩子们一个家，是我们的希望所在”，陈映珊一直这么说。

为来穗务工人员搭建展示自己的舞台

一次次活动，吸引着年轻人上进的心。

一个个舞台，展示了年轻人多彩的青春。有很多喜欢“宅”在家里的年轻人似乎对很多事情都了解、都感兴趣，但又似乎游离于这些事情之外。陈映珊曾经问一个女孩子：“知道乐飞家园有许多活动吗？”女孩说“知道”；“你喜欢这些活动吗？”她说喜欢；“那你会参加家园的活动吗？”她说不会。陈映珊顿时沉默了。怎么让孩子们和我们成为一家人呢？陈映珊想到，信任和感情也许是让孩子们愿意走近他们的唯一方式。“让他们展示自我，成就自我。”

首先，面对“宅男”“宅女”们的疏离，陈映珊和她的团队主动去走近他们、接近他们，让孩子们感受到他们的真诚。陈映珊他们采取了与孩子们“主动搭讪”的方式。功夫不负有心人，终于搭讪成功了几个乒乓球爱好者，为此，陈映珊和她的团队举办了乐飞家园第一届乒乓球比赛，共有 80 多人参赛，并且评选出乒乓球比赛周冠军、月冠军，陈映珊还特地请 LG 广州厂的总经理金麟洙为孩子们颁奖，孩子们雀跃了，平时难得一见的总经理居然来为他们颁奖、合影。

有了良好的开端后，陈映珊和团队趁热打铁，举办了各种各样的活动和比赛，篮球赛、桌球赛、卡拉OK赛、跳蚤市场、化装舞会、演讲比赛、街舞挑战赛、手机摄影赛……每个比赛都能发现一批才艺达人，渐渐地，乐飞家园篮球俱乐部、桌球社团、街舞社团、Ben队、文学社陆续建立。

有了这份熟悉和了解，陈映珊和她的团队开始有意识地引导孩子们去了解规则，做有素质的文明住户。组织义务劳动，让孩子们知道清洁阿姨工作的辛劳，慢慢地，乱丢垃圾的人变少了，孩子们逐渐改变了不良的卫生习惯；在各个社团，特长突出的孩子当起了其他同伴的老师，带领同伴一起练习、一起活动；有组织能力的孩子还一起参与策划组织各项活动。

在陈映珊和她的团队的不懈引导下，“乐飞家园”的开放式阅览室，从2011年到现在，没有丢失过一本书；有着240个座位的网吧，几乎没有人在里面抽烟；家园的地面，也变得干干净净。陈映珊和团队用自己的行动带动着这些年轻人，也影响着这些年轻人。

一起来，更精彩！孩子们的参与，让乐飞家园充满活力，他们一起建立QQ群、开通微博、制作海报，将每次活动的照片、信息展示出来，让孩子们一起欣赏身边的能人。值得一提的是，陈映珊和团队在乐飞家园建立了全国第一个外来工公寓文化网站，把孩子们的欢乐传播得更广更远。

其次，陈映珊和她的团队通过“金雁工程”项目，让孩子们感受到政府、组织的温暖。

作为“金雁工程”项目的第一个示范点，陈映珊率先在乐飞家园建立起党工青妇组织，将家园中无法找到组织的党员、团员组织起来，让他们在组织中任职，一起为所有孩子提供服务，从此，家园的孩子开始成为家园的主人。当陈映珊在篮球场看到由不同公司的员工组成的乐飞家园篮球队紧握双手高呼“乐飞加油”的时候，心底的感动油然而生，这是乐飞一家人！

通过搭建平台，陈映珊组织孩子们参加了省、市、区的各种比赛，孩子们也收获了许多荣誉，获得金雁篮球嘉年华三人球赛冠军、区工商联篮球比赛第二名、区篮球赛第三名、区才艺比赛优秀歌手、“金雁杯”全省文学大赛二等奖等奖项。孩子们还接受了人民日报、广东电视台、广州电视台的采访。

多种舞台和平台的搭建，让来穗务工人员收获着八小时以外的成就感，使孩子们的青春在乐飞家园飞扬。

让来穗务工人员更有归属感

如果心无所依，
都是漂泊流浪；
如果心有所归，
无论身在何处，都能找到故乡。

异地务工人员融入城市难，不仅因为城市房价高、生活成本高，物质层面的需求无法得到满足，更因为户籍的屏障容易被隔离，缺少城市认同感。对以前的老一代异地务工人员来说，他们来到城市赚钱打工，最终还是会叶落归根，故乡和田园仍然是他们的精神家园，融入城市并没有那么迫切。可是，新生代的异地务工人员则完全不同，他们大多数没有务农经历，对农村和土地缺乏感情，渴望被城市接纳和认同，成为城市的一员。陈映珊深深地认识到了这一点，她要让他们融入广州，要让他们在广州有归属感。

逢年过节，陈映珊就组织孩子们一起看春晚、玩游戏；在亚运会期间还申请到亚运礼品到小区派发，让孩子们感受到作为“广州人”的自豪和骄傲。派发礼品当天，客服处排起了几十米的长龙。

“每年大年初一，我都会回到这里来，给留在这里的孩子们‘派利是’（编者注：发红包），让他们感受到过节的气氛。”连续多年春节，陈映珊都是在大年初一这天回到家园，跟孩子们团圆后再回到潮汕老家。每年除夕夜的团年饭都赶不上。

为了让这些年轻人在广州有归属感，陈映珊组织他们去做义工，去帮助他人。“让他们知道，原来他们也是可以去帮助别人的，极大地增强了他们的自信心。”有一次，去做义工的年轻人在返程时，发现没带够坐公交的钱。公交车司机看到他们穿着义工服装，便热情地说：“上来吧，你们是去帮助别人的，不用给钱了。”让这些年轻人既惊讶、又感动。

“陈映珊总经理和她的团队为我们提供了舒适的住宿环境，提供了优质的生活服务，为我们搭建了各种展示和提升自己的舞台，更引导我们积极向上，得益于陈总及其团队的辛勤付出，我们更好地融入了企业，融入了广州！”这是我在乐飞篮球场和一位打篮球的年轻人聊天时听到的。我想，陈映珊及其团队的所作所为，让这些来穗务工的年轻人变得更加文明，素质不断提升，促使他们融入企业、融入广州，这真是一件意义重大、功德无量的事情！

乐飞有好人　人间有真爱

古人云：爱人者，人爱之。

智者说：予人以福，自得福祚。

好的言行让人温暖。面对这些远离家乡和亲人的孩子，陈映珊就像慈祥的妈妈一样惦记和关爱着他们，也温暖着他们的心。

“丁零、丁零……”一阵急促的电话铃声响起，“陈总，你快过来一下，LG的小王好像出事了”。原来，在美食街喝了酒的小王和店老板发生口角，甚至和老板举刀相向，店主马上报警。当陈映珊赶到现场，看到惊慌失措、神情恍惚的小王，她的心颤抖了。小王是某公司一个负责培训的职员，过五关斩六将才进入世界五百强企业任职，一旦立案，他身上便会被烙上不可磨灭的污点。陈映珊心疼了，他们觉得，作为服务方，这孩子就是他们的顾客；作为乐飞家园的一分子，这孩子就好像他们的家人。陈映珊赶紧让小伙子向店主道歉，并和店主商量给孩子一个机会，又和派出所的同志沟通只对小伙子进行批评教育，不要立案。事情最终得到解决。后来小王去了深圳工作，但一直和陈映珊保持着联系。

围绕陈映珊热心关爱来穗务工年轻人的话题，我与陈映珊有这样一番对话：

“陈总，你做这些好事时，心里是怎样想的？”

“俗话说，在家千日好，出门事事难。当这些孩子外出遇到难处的时候，尽自己所能，帮上一把，对自己而言，可能只是举手之劳，而对于对方，却可能是很大的方便。当看到因为自己的行为给别人带来方便时，我打心里觉着快乐。”

正是由于自己的辛勤付出，陈映珊曾先后被评为广州好人、优秀共产党员、先进工作者，当她把证书和奖状抱回家时，全家人都高兴得不得了。

尾　声

在我们的交谈中，陈映珊一直侃侃而谈，每当谈到家园中的孩子，她就会露出愉悦的笑容，话语中无不充满着对孩子们的关爱。我想，这一份浓浓的关爱就像一条涓涓的细流，浇灌了家园孩子们渴望被温暖的心。

采访结束，我离开乐飞家园，向身后回望，家园在夏日的骄阳下像涂抹了一层金色，一群雏燕正沐浴着阳光快乐地飞翔。看着这些雏燕，我不禁想，那住在家园里的年轻人不就像这群雏燕一样，在快乐地飞翔吗？我的耳边响起了《你是一个好人》的旋律：

你是一个好人，

一看就知道有颗好心，

生活得忙忙碌碌，

忙碌得认认真真

……

杨美滨 现供职于南沙区金隆小学，系广州市作家协会会员，广州市青年作家协会会员，南沙区作家协会会员。以“志于道、据于德、依于仁、游于艺”自勉，是一名爱写作的教书者和一名爱教书的写作者。

左手舞出的乾坤

与阳军的相遇相识是在广州海珠区某中学教学公开课的语文课堂上。该课堂并非学校推荐，三栋教学楼每一个教室大门更是为每个听课者敞开，而我们却在这绝妙而偶然的时空交叉点上相逢了。初识并没有过多的言语，他的自我介绍是中学美术老师，很快我们便被带入课堂。整节课下来他一边入神听讲，一边奋笔疾书，一位美术老师居然可以在一节语文课堂上如此专注认真，着实让我惊讶和好奇。幸而他留下了一把“钥匙”——一串名为“老左”的号码，我得以走进他的世界，以至窥探一个非凡的心灵。

他说他的空间里有很多作品，我能意识到他是在告诉我某个地方有花。当我怀着谦敬之心踏访之后，才真正为满园的芳菲所吸引并陶醉其间。那里处处盛开着艺坛上的斐然，沿着艺术的长廊，细心的观赏者又不难捕捉到时间的痕迹，一个接一个的超越和突破背后，都凝结着天赋、勤奋、进取和际遇。无论是美术五项还是书法篆刻，都在使一个艺术生命不断丰盈。阳军的印在飘逸和敦厚中平衡，在圆转和刚劲中求和，很好地阐释了我们中华民族最基本的哲学，即《易经》中的宇宙观："阴阳二气生万物，万物皆禀天地之气以生。"（宗白华先生语）他的素描静物画，在娴静肃穆中又不失温婉灵动，斜密的细线织出无尽的姿态和质感，黑白之间玲珑剔透，巧夺天工令人叹服。

而在矫健的笔锋刀锋以外，是一份克服身体机能残缺的坚毅和艰辛。如果不是他告诉我，我并不知道"老左"的确切含义：他的右手因先天疾病而萎缩至只剩下两只手指，只能用左手写字、画画、刻印。他说："去看看电影《我的左手》吧，这个电影反映了我的内心世界。"还不无幽默地补充道："记得带上纸巾。"

在某一天下午，我找了一个地方静静地观看《我的左手》，与其说是在看丁晓兵的故事，还不如说是在那片刚毅的生命海滩上捡拾珍贵的贝壳，并将捡到的贝壳比对欣赏。影片中的胡小军因抗战致残，在人生的低谷里走出来之后依然要求留在部队，凭着顽强的毅力参加了军校的学习和训练，而后任职精英八连的指导员，谱就了一曲当代军人嘹亮的凯歌。而阳军在某种意义上也践行了军人的刚毅和血性。而更为神似之处当是胡小军的心理历程，从丧气到振作奋进到身为指导员而爱护培育每一名战士，不放弃任何一个人。这和阳军的求索道路上的坚韧，和为人师之后的兢兢业业、辛勤栽培新一代不无契合。

看完影片之后，我迫不及待地和他分享我的观影感受，也更多地了解到他的一些成长故事。出生于湖南衡南县的一个小村庄，这位大山里的孩子初三之前连画板都没见过。但小小的他喜欢临摹课本上的插图，临得惟妙惟肖，竟成为全校知名的小画家。由于当时能考上高中的人很少，校长从某处打听到考高中时美术可以加分，便带着这株希望之苗到镇里去应考，那是他第一次离开大山。而在那一场考试中，好心的老师用装苹果的纸皮箱底裁剪成的纸板成为他人生中的第一个画夹，苹果写生的考题也造就了他人生中的第一场实物写生。在色彩科目中，其他考生用水粉泼洒出的斑斓，而他是用借来的蜡笔涂抹完成的。当然，这一场始料不及或根本超出预知的美术考试，并没有实现校长和他最朴素的理想，但却让一个大山里的孩子见识了外面的世界。

后来，阳军几经坎坷才得以上了高中，并跟从老师学习美术。但环境也非令人满意，“学画的地方是垃圾房，只有几个同学，美术老师没有几何体就自己做，圆柱体是拿一段树锯的，刷上石灰粉……”

后来，他无意中听到几个来自其他高中学生的闲聊，下定了转学的决心，也就是那一场新教育环境的选择，让他得到较好的训练和栽培。入学时他的成绩是班里倒数第一，而凭着一股不认输的韧劲和不懈的努力，第二学期成绩就名列前茅，最后考入广州大学艺术学院，这也许是天道酬勤最好的注脚。

我们很难想象阳军素描作品中那些用铅笔线条和黑白明暗格致出的真和美，最初竟是从面对着一个苹果的彷徨和不知所措中而来。而在人生的某些岔路口，总有一些际遇引领不同的航向，小学那位朴实而爱生心切的校长，包括那几个其他高中的同学，都在不知不觉中影响着一个人的轨迹。在这一点上，阳军是幸运的。

但幸运的人并非一直都被幸运之神眷顾，幸运也不会来得无缘由。走出大学校门后，阳军梦寐以求的是成为一名中学美术老师，在工作之余还能钻研他所痴迷的艺术。但他渐渐发现，那些不懂事、叛逆而贸然取笑他右手的初中生，竟成为他生命中不能承受之重。他虽然知道孩子年少无知，但他拼命想挣脱那个禁锢心灵的牢笼。

他要高飞，他要让别人发现他。于是六年卧薪尝胆，每天作画，在2005年参加教师基本功比赛，一路过关斩将比到省里，但仍没引起关注。于是越挫越勇的他2008年再次参赛，终于被他生命中的伯乐发现，来到真正适合他的位置上。多年来的孜孜以求，让阳军在国画、版画、篆刻、色彩、素描上都做到了广州中小学美术教育第一。他曾上过两次全市的公开课，其中一次的听课者有 800 人之多。我不禁问：“紧张吗？”那头快速键入并马上有一个“不”字奔进我的眼帘，随后感到一股得意的春风拂面而来：“因为篆刻是我的拿手好戏，两分钟就可以刻完四个字。”他所培养的学生在高考术科也取得了突破，“春风化雨”的传奇还在不断上演。

在教师的本行上鞠躬尽瘁并有所突破实属不易，但阳军一刻也没有放弃对艺术的进一步追求。他现为广东省美术家协会和书法家协会的会员，相信在他梦想的前方，还有一片胜景等着他去叩访。阳军勉乎哉，愿“我的左手”能再次舞出更广阔绚丽的乾坤。

借此，致敬砥砺奋进、不断创造美好生活的人。

罗令妮 现供职于广州番禺区祈福新邨学校。从教9个年头，先后被评为优秀班主任、优秀教师；多次获得“教师成长故事征文”“下水文比赛”和“花会课”一、二等奖。

邂逅“一根苇草”

帕斯卡说：“人不过是一根苇草，是自然界里最脆弱的东西，但他是一根能思考的苇草，一种不容忽视的存在。”与那个孩子的邂逅，让我对这一句话有了前所未有的深刻体会。

那一年，离休完产假还差几日，突然接到学校唤我返岗的通知，说是原班主任临近退休身体抱恙，实在没法坚持下来。

一段时间的不在岗多少让我心生生疏，且产后家庭琐事陡增；更甚的是，接手的竟是个住宿班级，众所周知，这种班级有多少父母没时间管和多少父母管不了的调皮家伙。

连夜准备“第一次”的见面，绞尽脑汁搜罗几年来积攒的管理班级经验和方法，一次次制定方案，一次次否定；一遍遍写开场词，一遍遍撕掉……一夜无眠，顶着个熊猫眼站在了大家面前，短暂的寒暄和相互了解之后，开始正式接差班级管理与教学活动。一周过去了，相安无事；半个月过去了，出现的一些小问题轻松搞定，心中不免窃喜，看来之前多虑了。

然而……

一大早还没进办公室，就被德育主任拦在了半路，“罗老师，你们班出事了，你赶紧去班级调查了解一下。”我心中咯噔一响，什么大事把主任都惊动了。火急火燎赶到教室，一眼就看到了“肇事者”阿伟和阿涛，俩人面红耳赤地站在讲台旁，衣衫不整，头发凌乱，阿涛的左脸颊至脖颈处有多条触目惊心的血痕。一见到我，阿涛立即抽泣起来，“老师，我不是故意绊倒他，他却一直揪着打我……”这是一个身形微胖、憨厚的男孩，据平时了解，他应该不会主动招惹别人。我看向阿伟，他向阿涛翻翻白眼，低埋着脑袋，一副不想搭理的样子。

从副班处了解到这是一个留守孩子，更是一个问题学生，父母常年在国外，他由年迈的爷爷独自照顾和管教，时常与学校的规定和老师的要求对着来，打架斗殴更是常事。近几日，偶遇他爷爷送他来上学，我和他拉起家常，“越大越不好管教了，常常与我顶嘴”“总嚷嚷着要父母回来带他，不听我的话了”“我腿脚越来越不行了，送他上学走一段路就要休息一会”……

为了不影响其他同学，我决定单独解决此事。“你们俩来办公室！”我转身，“他不用去了，就是我故意打他，我去就行”，一个故作轻描淡写的声音响起，我回头迎上那挑衅的眼光，心中一团怒火呼之欲出，小小孩子敢如此公然挑衅老师？是怎样的熊孩子敢犯事后如此若无其事？“好小伙，敢做敢当，行，就你来！”我强压住心中的怒火，反其道而行之，就顺你的意来，看你能整出什么幺蛾子。

一进办公室，我佯装发怒，把包重重丢在办公桌上，示意他讲。“就是我故意打他，要不要找我爷爷过来？”“就是我的错，你惩罚我吧！”“反正大家都不信任我。”连环炮似的几句话让我瞬间愣住。“这学期搬了新教室，都到6楼了，你爷爷送你上学过来腿都受不了，6楼上上下下行不行？如果没关系，通知爷爷过来也行。”我盯着他，捕捉着他的举止神情变化，果然，他的双手不自觉地拉着衣服，我继续说道：“如果确实是你故意所为，导致同学伤痕累累，肯定是要承担责任的，至于你爷爷年纪大了能不能过来，我们再安排，实在不行也得电话通知到。”我继续留意他的微表情，只见他眼睛低垂下来，虽然没有了刚才的嚣张跋扈，但情绪还是较过激。

“就在早读开始前，我路过阿涛的座位，他突然伸出脚绊倒了我，我认为他是故意的，所以报复了他，可周边的同学都帮他，说他是不小心的，那就算我的错啦。”他说完泪流满面，又忙不迭地去擦拭掩盖。一时之间，我有点猝不及防，平常的阿伟行为习惯不规范，习惯了老师的批评教导和同学们不大不小的玩笑，总是嬉皮笑脸，一副无所谓的样子，今天这是怎么了？“事情的前因后果，老师会去调查，不会冤枉任何一个同学。你也好好想想事情的来龙去脉，想清楚了再来找我！”

接下来，我通过积极调查得知，英语老师反映阿伟昨天在课堂上因为挨了批评，突然号啕大哭甚至坐到了地上；班干部反映近几日他总是故意不排好队，故意让同学说他；联系到爷爷，说是最近一到家就进房间锁门……种种不寻常，到底发生了什么事？一般情况下，不联系他远在国外的父母，因为很多时候远水救不了近火，但这一次我想可能和他们有关。我试着联系了他远在马来西亚的妈妈，发了一条信息：“阿伟妈妈，近期有没有跟孩子了解他的学习成绩和在学校的状况啊？”回信迅速过来，母爱是时间和空间都阻隔不了的东西，不过回复的内容又惊到我：“老师，我最近生病了，有点严重，所以没怎么关心孩子，是不是他又犯什么错了？”相隔千里万里，且她身体不适，我唯有宽慰她：“没事，就是男孩子慢慢长大了，越来越有自己的想法，但终究听妈妈的话，妈妈身体早日恢复，到时再多跟他谈谈心。”

放学时，我特意在教室拖延了一点时间，想看看他是否会来找我。再抬头，却已不见他的身影，心中不免失望，悻悻地走向办公室，竟瞟见他躲在后门角落，招手让他跟进旁边安静的小会议室。“妈妈生病了，你知道吗？”我想不管他连日来的反常举动是何故，该是他承担责任的时候了。他睁大眼看着我，一脸的不敢相信。“妈妈病了，爷爷老了，但我们阿伟也已长大，可以照顾自己了，要承担起责任了，打架了也不怕。”我关爱的语气中夹着玩笑，却只听到孩子“哇”地一声大哭，心中所有的郁结倾泻而下。“老师，我妈妈生病了，全家人都不告诉我，我是有次不小心听到爷爷和姑姑对话才知道的，说是病得很严重……我想去看我妈妈，我爷爷肯定不会让我去。他们都已经很多年没有回来了，过年也不回来，最近连电话和视频都没有了……呜呜呜呜呜……我想他们回来又怕他们回来，他们一回来就打架，有一次爸爸还拿刀砍伤了我妈……呜呜呜呜呜……每次看到校门口同学们有爸爸妈妈陪同回家，我就躲在角落哭，很多人说我没有父母，我也只是装疯卖傻……”这是一个经历了什么又承受了什么的孩子才能说出的话，我什么都明白了，静静地给了他一个拥抱，拍了拍他的肩膀。

那一次似乎都没谈他打架斗殴的事，却解决了打架斗殴的问题。他主动找阿涛道歉并一天两次地将他带至医务室擦药，他们竟然默契地都没有告诉对方的家长，还一起肩并肩上下学……阿伟一日比一日进步，遵守校纪校规、尊敬师长、关心同学、认真学习了……

因为我找到了他爷爷，反馈了孩子的情况，提醒要让孩子跟父母多交流，知晓相互的动态，不要刻意隐瞒，孩子母亲病好转了一定通知孩子。因为我找到了他爷爷面谈，了解到背后的故事之后给予了谅解和宽容；因为我找到了其他同学，帮他们剖析了同学情谊；因为我找到了其他任课老师，让他们多留意关怀；因为我提醒了所有人，不要说我找过他们，而最后，他们却都说了……

一年的时间过得很快，转眼到了毕业季，办公桌上每天都有孩子们放过来的师生录、同学录，而他一直没有行动。在一个午后，我却无意间看到他落在桌面被风吹开的一本同学录上“关于老师”的一段话：

帕斯卡说，“人不过是一根苇草，是自然界里最脆弱的东西，但他是一根能思考的苇草，一种不容忽视的存在”。谢谢罗老师，在我最糟糕的时候没有放弃我，在我最脆弱的时候没有忽视我的存在，让我得以重拾信心，勇敢前行！

眼眶一阵湿润，孩子，也谢谢你让我邂逅这样一根苇草！

梁翠霞 现供职于广州番禺区石楼镇南派小学，从事小学语文教学兼任班主任工作。工作中，爱钻研、好创新，撰写的文章多次见报；曾被评为市优秀班主任、区优秀教师的光荣称号。

幸福时光

光阴似箭，日月如梭，不知不觉，我从事教育行业已经有 23 个年头了。有缘千里能相会，在茫茫人海中，我能与这一批学生相逢是一种缘分，这是从教以来的第二批从一年级带到六年级的学生，在我们单位称为“大循环教学”。在这六年里，我除了完成教学任务，还注重培养孩子们良好的学习习惯。在和这群天真无邪的学生共同生活的时间里，尽管工作中会遇到不少让人烦恼的事情，但因为有他们，我仍然是幸福。回想昔日的校园生活，每一个难忘的时刻依然历历在目……

感 动

这班孩子有聪明的小脑袋、乖巧的小嘴巴、善良的心，他们有很多让老师喜欢的闪光点。

在教《一株紫丁香》这首诗歌的时候，我要求孩子们通过各种形式的朗读体会文中的这株学生亲手栽种的紫丁香，不仅是学生的一片心意，也是对老师的问候与感激，教育孩子们要有尊敬老师的意识。在一个星期五的下午，我走进学校大门，孩子们一见到我就蹦着跳着迎上来拉着我的手说："老师，今天下午，我们送个惊喜给你，你猜猜是什么？"我摸着他们的小脑袋说："一幅美丽的画，对吧？"他们都摇摇头，我又说："送给我好吃的？"他们边摇头边跑开了，并且还大声叫着："老师，到时候你就知道了。"上课铃响起，我向教室走去，远远地就看见班长和十多个女同学在教室外面排好队，当我走到教室门口时，班长向我鞠了个躬，说："梁老师，请进，我们为你准备了一个舞蹈，请欣赏。"我走进教室，看到教室被装扮得十分漂亮，其他同学坐在位置上等待着，副班长在录音机旁，见我走进来，副班长一按按钮，《春天在哪里》这首歌的音乐就响起了，外面十多位早已准备好的女同学随着音乐翩翩起舞，动作是简单的，舞姿是优美的。舞蹈结束后，我满脸笑容地问："是谁出的主意？为什么要这样做？你们哪有这么多时间来排练啊？"班长立刻站起来说："梁老师，这段时间我们看见你工作很忙，很辛苦，为了让你轻松一点，我们特意组织了一批同学在课余时间训练跳舞，希望你喜欢……"还没有等她说完，我便热泪盈眶，激动地说："孩子们，你们真会逗人开心，你们把老师一天的劳累都消除了，感谢你们，你们也辛苦了。"一群6岁多的孩子竟然会想出这样的事情，他们的这一举动实在让我感动，情不自禁地竖起大拇指说："你们真懂事，你们真棒！"这不正是孩子尊敬老师的写照吗？

认错

《蓝色的树叶》这篇课文的内容与孩子们的生活十分贴近，讲述了一位学生没有集体观念、自私心重的故事。通过学习这篇课文，引导孩子们要诚实，主动认识自己的错误，并用实际行动去改正错误。

那天上午第三节课，本来是我的语文课，因为领导突然要我交一些资料，我为了完成任务，临时布置了一些课堂作业，让班长组织好这节课，到了放学的时间，我准备到班里安排学生放学，班长向我汇报违反课堂纪律的同学名单，另外班长在自习期间，向同学们提出：如果被点名批评后能及时改正的，可以免去处罚。当我向全班读出要处罚的名单时，小韵听到自己的名字后，很不服气，苦着脸对我说："老师，我已经改正错误了，为什么还有我呢？"我便向班长了解情况，班长说："她和小珊被警告后还是不停地讲话……"我就说："小韵，至于你在课堂上的表现如何，我不清楚，但是全班同学都看到了你的表现，让他们来评评你，好吗？"小韵也低头答应了，随后我就向全班同学了解，大多数同学的说法跟班长一样，然后，我严肃地对全班同学说："一个好的孩子，就要知错认错，勇于改错，小韵如果你觉得有不公平的地方，请下课主动来找老师谈谈。"接着，我就安排学生放学了，当我送完学生过马路回到学校时，看见小韵走过来，小声地说："老师，你愿意听我讲几句话吗？"我也客气地说："当然可以啦。""老师，其实刚才是我错了，经班长提醒后仍然和小珊大声讲话，请你原谅我行吗？"她低着头不好意思地说。我看见她明白了我的用意和她发自内心的认错，我肯定地对她说："只要你认识了错误，改正了错误，我一定会原谅你。"她擦擦腮边的泪水，点点头走开了。这虽然是小事，但也体现出孩子有勇气向老师认错，并勇于改正错误的良好品质，作为老师的我也感觉骄傲。

正是因为有这样一群天真烂漫的孩子，才让我们的校园洋溢着欢歌笑语，才让我拥有一颗年轻炽热的心，与孩子们共度六年风风雨雨，看着他们从年少无知逐渐步入成熟，留下无数的幸福时光，有一群这样懂事的孩子陪我慢慢变老，为了培养祖国的栋梁之材，我会更加努力地默默耕耘，让祖国之花永远美丽绽放！

于志英 现供职于广州市第八人民医院麻醉科。工作认真负责，积极向上，悯患者之疾苦和病痛，对待患者细心体贴有耐心。

闪耀在手术室里的美丽光芒

当我们看到一枝娇艳的花朵、一片嫩绿的树叶时，常常会拿出手机随手一拍，记录下那一刻的美好。都说世界上有两种东西最耀眼，一种是太阳的光芒，另一种是自己努力的样子。今天，我想用文字记录一群在手术室里忙碌的白衣天使努力工作的样子，他们散发出的光芒如此美丽。

高速运转的手术室：重塑生命希望的集结地

手术室，一个大家听来神秘又有一点害怕的地方，却是我再熟悉不过的工作场所。

5 月 9 日，时针转动到晚上 9 时，每个手术室都还是灯火通明，透过感应门的透视窗可以看到一台台手术正紧张有序地进行着，耳边萦绕的是此起彼伏的麻醉机工作的嘀嘀嗒嗒声。无影灯下，辉映着一双双专注的脸庞和凝视的眼眸。走道里，穿梭着一道道迅捷忙碌的身影……

直到次日凌晨2时，所有的择期手术加白天的急诊手术才接近尾声，可是这场“硝烟弥漫的战争”还没有画上句号：2小时前妇产科电话通知的那台凶险的胎盘植入急诊剖宫产手术终于还是要来了，医务科陈科长、妇产科梁主任、麻醉科陈主任、手术室护士长，还有ICU邓主任以及儿科值班医生、助产士全都全副武装随时准备“开战”。第二天一早，朋友圈被通宵达旦的“战况”刷爆。手术室廖护士长如是说：“夜已深，手术室还灯火通明，上演生死时速。”妇产科梁主任写道：“胎盘植入，大小平安。广州，早晨。”麻醉科况医生写道：“请允许我直接躺下！”

这样的忙碌在手术室总是不分科室、不分昼夜、不分节假日地上演着。就好像广州南站同时发出的十几列动车，室间是车次，每个室间承载的各科手术构成了整个日程，一旦开启，高速行驶，中间没有临时停车点。其间还可能随时迎来一些急诊手术需要启动紧急备用手术室。常常会有妇产科急诊剖宫产抑或宫外孕的低血压休克，也可能是神经外科的脑出血意识昏迷，还可能是普外科的胸腹部刀砍伤血流不止、耳鼻喉科的气道异物需要尽快取出……更别说择期手术里面肝胆外科危重患者的手术风险以及麻醉风险以及术中突发状况，整个手术室的人员需要全程戒备，容不得一丁点的懈怠和抱怨。

多科室的配合与合作，让我们感觉自己是重塑生命之塔中的一块花岗岩，是一台手术中的螺丝钉，呈现了我们对生命至上尊重的义不容辞的责任心。

那些执着认真的人：你的美丽浇灌了生命之花

忙碌的工作会让我们的身体感到疲惫，但这不影响我们在忙碌中收获众多美好的瞬间和意想不到的温柔。

5月11日，当天值班的我被安排在手术2室。下午3时，在给一位准备做经皮肾镜下碎石取石的病人半身麻醉后，手术室护士、外科医生和身为麻醉师的我3个人给病人摆手术前的侧身体位。这时，手术室护士长巡视进来了，我下意识地立马将旁边的一床被子盖在病人身上，并替一旁正在拿啫喱垫的护士向护士长解释道："在摆体位，刚拿开的被子，就一下。"护士长严肃地说道："一下也不行。"说完一起帮着摆体位，并说道："病人和我妈差不多年龄了啊，容易着凉啊。"也是深谙这种手术的特殊体位不能确保身体每块部位都能被手术单覆盖到位，护士长亲自俯下身去用手去触试病人前腹和后背的体温，似乎还是不放心："把暖风机提过来吧。"暖风机提过来了，温度从37摄氏度到40摄氏度一再调试，直到那位患者说刚刚好，护士长才放心地离开。那一刻，我被这位工作中严格要求和温柔体贴的护士长感动了。

一如往常的无缝隙接台，从早上不到8时，就送进手术室的第一台手术——耳鼻喉科的6岁小儿腺样体切除术，术毕要确保全麻完全苏醒后，才可以将这位小患者送回病房；与此同时，第二台78岁高龄患者的股骨粗隆间骨折手术已经在第一台手术结束前十几分钟就被送进手术室……每台手术的安排做到尽量不在任何一个中间环节浪费时间，紧凑而有序……顺利完成了3个手术科室的6台手术后，已是深夜零点。我摘下口罩帽子，身后传来一个声音："辛苦了。"抬头一望，是刚下手术台的泌尿外科范主任，我笑着诧异道："主任，你才最辛苦。"他憨笑着说："习惯了。"

范主任是一名老党员，军医出身的他在医护工作岗位奋斗了20多载，把军人艰苦卓绝的精神在他的从医道路上发挥得淋漓尽致，身体力行给我们树立了很好的榜样。他总是默默地选择在晚上开始他们科室接连几台的手术，为平时的各大手术科室间的室间安排与调配工作做出牺牲与退让。这位老前辈还时常牺牲自己周末的时间把病人的择期手术加急完成。

可是对待手术本身，范主任是一丝不苟、毫不退让的，手术台上他那全神贯注的眼神真的好有杀伤力，总是挑战手术难度新高点。他常常接收一些别的医院都不敢接收的病人，将手术风险独自扛下来又降到最低。

凌晨 1 点，卸下一身的疲惫，我躺在床上放空大脑的时候，想着第二天就是护士节，一时间，思绪万千，和共事多年的同事朝夕相处的画面在大脑里一幕幕地浮现。于是，我决定将身边这群可爱又可敬的医护人员的点滴记录下来。

凌晨 3 点，困意袭来，我有点扛不住了。这时，和我一起当班的护士吴舒舒才走进值班房，我问："你怎么才进来休息啊？"她说："我洗了好多器械啊。白天所有手术一台接一台，根本没有时间清洗手术中用过的器械。一套超声刀清洗起来就要一个小时，洗完还要用高压气枪吹干，吹完还要分开打包，以备第二天手术所用……"

……

当你在抱怨工作辛劳时，你可曾想起这样一群可爱又可敬的医护人员，他们用年轻而热情的年华浇灌出生命之花，守护着万千生命的健康；当你在工作中受了委屈和冷漠时，你可曾想过这群可爱又可敬的医护人员也会有被误解的时候，可是，他们从没有放弃，毅然忠于职守，从不改变面对患者时那份微笑和温柔……

黄宇 现供职于广州数字出版有限公司，系中国作家协会会员，广州市青年作家协会理事。文字散见于《人民文学》《广州文艺》等，已出版散文集《划痕》《野地上的行走》、长篇小说《万象大学》《无处告别》《破晓之日》、诗歌集《擦亮生活的背面》。

风 悲

1

当长途客车疾驰在漫长而笔直的高速公路上时，我那颗原本平静的心也跟着疾驰起来，这条湛江至广州的国道我曾往返无数次，目的地为数百公里以外的广东省汽车客运站。但每次乘坐长途客车经过时我总会有新的感受，这种感受不是来自沿途的风景，不是来自形色各异的乘客，而是来自风的启示。

长途客车的车厢是密封的，透过颠簸的车身，我能感受到车窗外不断呼啸而过的大风，风不停地拍打着厚实坚硬的车窗玻璃，也许能够做到和时速高达数百公里的长途客车赛跑的只有风。风不仅和长途客车赛跑，它还在车的外面寻找着一切可能进得来的缝隙，化作任何形态，拼尽全力想要钻进车厢里。尽管外面的风没有吹进来，但头顶上圆环形的空调出口吹出的冷风还是让我感到一阵寒冷，我不得不盖上车上的备用毛毯，以抵挡车内这无法避开的冷风，尽管如此，我的身体依然感到一股来自冷风的阴寒，这是身体对陌生环境的抵触。

每次乘坐长途客车，我都喜欢坐在靠窗的位置，看着车子在平坦的高速路上不顾一切地向前疾驰，将一切事物远远地甩在身后。我清晰地知道，此刻，自己已经走出了故乡的怀抱，车窗外除了似乎永远到达不了尽头的路，就是一望无尽的连绵山脉，虽然这一片片山脉的最高处不过数百米，但它们有着属于自己的柔美和壮丽。

每小时数十公里的车速不仅让这一片片山脉跟着运动起来，而且有跟着车子越跑越快的趋势，我能清晰地看到山上的草木不停地随风摇摆，葱郁或稀疏的草木正经受着风的考验，事实上这样的考验每天都在发生。

客车疾驰了数百公里后，逐渐驶入了一片高楼林立的繁华市区，我看到了川流不息的车辆、雄伟壮观的高楼、拥挤不堪的人群。车到站时，已是傍晚时分。这座城市叫广州，它是南方地区对外的重要交流城市之一，它的夜晚不像其他二三线城市那般安静怡然，它是喧闹的、嘈杂的、复杂的，甚至充满了来自五湖四海各种语言的尖锐碰撞。

当客车驶入省站的停车场时，我那颗一直在疾驰的心也跟着停下了，身体却感觉还在跟着风疾驰，随着报站声的响起，我才清醒过来，当我走下车的那刻，只感觉地面有一股冷风吹来，穿透我的衣服，渗入我的皮肤和骨髓。顿时，我感到头脑眩晕，肚腹饥饿，身体好像被掏空。我感觉体内似乎汇聚着一股冷热交替的风，冷风来自下肢，热风来自胸腔，近十个小时的漫长行程已经让我疲惫不堪。

每一班客车到站后，旅途中的各种塑料袋、纸巾或多或少都会被风从车厢里吹落到车站停车场内，那些杂物被风吹着转圈，摇摆，似乎变成了风的追随者，更像是百态人生的另一种写照。它们与风一起成为旅途中的最好见证者，在昏暗的车站跳起了一支只有外来人员才能看懂的灵魂舞。走下长途客车的行人背着行李走过出口，提着行李，行色匆匆的身影都会卷起一阵风，那阵风与梦想与憧憬有关，与隐忍与疼痛有关，与岁月与不朽有关，种种因素将来自天南地北的人汇聚到这座城市，就像风将一堆质地不同的沙子吹拢到一起。

2

夜晚，我回到出租屋，这是我在异乡的栖身之地，屋内设施简单，只有床和家具，因在外求学，于是就找了这间价格便宜、装饰简单的出租屋。此时正值初冬，天气寒冷，屋外的风不断地拍打着窗户，发出剧烈的声响。每次当我从故乡乘坐长途客车回广州时总会晕车，坐车时间过长是一方面，另一方面是由于车内的冷风让我的身体更加虚弱。在这场风的劫难中，我的生命经受磨难。我感觉自己是一只翱翔在空中的鹰，张开双翅，准备迎接未来可能面对的种种困难，尽管已经做好了面对各种险要环境的心理准备，但在抵达万丈高空时，还是会因为无法驾驭劲风而失去平衡，摇摇欲坠。但我没有放弃，并尝试与风融为一体，以期更好地驾驭它。

风吹得外面的草木发出轻微的沙沙声，门窗吱呀作响，透过门窗缝隙进入屋内，巡视着摆放在房间里的柜子、木床，晾晒在阳台上的衣服，它无孔不入。风不像春夏秋冬，也不像日月星辰，可以根据自然事物的变化来判断，风无处不在，有它的地方才可能有生命的迹象。风没有骨架，却坚硬如钢；风没有思想，却处处体现着智慧；风没有形态，却能化作天地万物；风经常被忽视，但是风包罗万象。它代表的是轻盈的人生，亦是厚重的生活。

伴随着冷风，我躺在床上，盖上被子沉沉睡去。第二天清晨，当窗外的第一道明媚的阳光照到我的脸上时，我睁开眼睛，轻轻地呼吸了一口新鲜空气。空气有些微寒，我知道那是风赐予的，顿感心旷神怡，因为在这座城市，大多数人都是被风唤醒的。

一番洗漱后，我出门了，清晨六点左右，城市的第一班地铁已经开始运行了。广州很大，大到坐车从一个区到另一个区的途中都能睡上一觉，醒来时，好像已经跟着风走了十万八千里，甚至有一种从现代大都市穿越到朴素小村落的感觉。在这里，最常乘坐的交通工具就是地铁，在一个汇聚了人工智慧的地下世界，排队，买票，过自动检票关口，然后站在候车的黄线前等待，地铁从幽深昏暗的地底深处开来，在进站的那一刻，带着一股强劲的烈风，从站台的玻璃防护门的缝隙窜进来，仿佛一只凶猛的巨兽，朝我以及所有等候的人们猛扑过来。

待地铁停稳，一拨接着一拨的乘客蜂拥而下，还未等全部乘客下车，在车外排队等候多时的乘客又一窝蜂硬挤而上，两波上下争抢的乘客将我夹在中间，我的肉身仿佛被丢在一片汪洋大海中，被一阵接着一阵的劲风吹得摇来荡去，就像我沉浮不定的人生，在风的吹拂下看不清方向。地铁的自动感应门反复打开和关闭，最终，重达数十吨的地铁带着满满一车厢的人缓缓启动了，在幽暗漫长的隧道里如风般疾驰了数分钟后又停靠在下一个站点。地铁，从清晨六点左右开始运行，一直持续到午夜十二点，周而复始。

我站在靠近屏蔽门的地方，身体被那些从屏蔽门外钻进来的风吹得有些冷意。在以速度著称的城市地铁上，我不过是一具渺如沧海一粟的肉身，弱不禁风。地铁是这座城市里最能代表速度的交通工具，它也因此与风有了更多的关联，风在地底，就是速度的见证者，是生活的阐述者。世界向前发展的速度越快，我对自己内心的解读就越少，因为忽视了风的存在。此刻的我，身在一列疾驰的地铁上，任凭这庞然大物左拐右绕，横冲直撞，从城市的北面抵达南面，又从城市的南面抵达北面。风，见证了一座城市的兴盛衰亡。

我的故乡广东，是南方地区的经济大省之一，而广州，作为广东的省会城市，带着独特的岭南风格闻名于世。在全国各地，像广州这样的大城市还有许多，但是广州经常被外地朋友贴上各种各样的标签：文化的沙漠，经济的产地，工业的摇篮，生活的禁区。说到底，广州是一座只能忙碌到底的城市，一边是光怪陆离、灯红酒绿的城市盛景，另一边是寂寥冷清、荒凉无比的郊外一隅。无论哪边，这注定是一座在风里发展的城市。

3

白云山，一座始终被风包裹住的山峰，它安静地伫立在这座繁华喧闹的城市里，似乎有些格格不入。白云山的最高点叫摩星岭，在最高点有一座丰碑，上面刻着海拔 382 米，丰碑的周围还围着一堵锁网，锁网上锁着各种各样、形状不一的大锁小锁，许多锁上刻着名字，或者刻着图案。第一次来到这座城市，爬上这里的最高峰时，我以为这只是一种建立在山顶的装饰，后来从一位老者那里得知，原来这里的锁大都是城市里的年轻情侣、恩爱夫妻挂上去的，他们在锁上刻上爱人的名字，然后将两个锁都锁在这里，让风见证着他们白头偕老、永不分离的爱情。有的锁在风吹日晒雨淋之下已经锈迹斑斑，看不到刻在上面的名字了，但越是斑驳的锁，越体现出感情的牢固。在丰碑和锁网周围的水泥地缝隙中还长出了许多杂草，这里的杂草比山下要茂盛，我知道这是风带来的，它们有着和风一样刚烈的性情。我突然想起，在旅途中，曾经看到在一片广阔的田野上搭建起来的茅草屋，屋顶烟雾袅袅，农家人正在田里忙着耕作，那是南方平原最朴素的房子，在风中安静地屹立着。像这样的茅草屋，现在已经很少见了，但能够让身体和灵魂都在风里安静下来的，唯有那用泥土和茅草建造起来的房子。

这些最原始的房子就散布在珠江三角洲平原，它们在风中孤独地守候着一座座质朴的村落，茅草屋的身上满是风吹过留下的坑坑洼洼，它们经受着风的洗礼，将自然与人类的文明结合在一起，将沧桑的岁月与质朴的生活结合在一起。

然而，城市里的风和我在旅途中见过的风不同，它带着反叛的个性，游走在广阔的河流上、万丈的高楼上、幽静的郊外，吹拂着那些富有和贫穷的人。我曾经尝试探究风的源头，想透过风的源头去了解一座城市的历史渊源。我靠近风，瘦弱的身躯却被它吹得摇摇晃晃，才知道，风不仅在旅途中安家，它还跟着我来到城市，来到我的住处，住进了我的心里，让我在它温情的目光和浩荡的悲凉中寻找一处温暖的归宿。

广州这座城市的常住人口高达数千万，它的大，在全国是出了名的。有一次，我坐着地铁去这座城市的最高处——广州塔。这座位于市中心的电视塔高达六百米，静静地屹立在广州市中心，与海心沙岛及珠江新城隔江相望，有着中国第一高塔，世界第二高塔之称。在塔上能一览广州全景。

当我第一次远离故乡，独自来到广州读书时，这座塔还在建造当中，转眼我已经成为一名研究生，正面临实习。距离广州塔建成也已经过去了八年之久，我依然记得自己扛着行李独自去学校报到时的迷茫，依然记得自己因为来到新的城市而水土不服，如今这一切随着风消逝在岁月的云烟里，好像从来没有经历过，也好像已经历经了所有人世沧桑，我的容颜变得成熟，身体由最初的瘦弱逐渐变得粗壮，唯一不变的，是那股融在岁月里的风，它依然有着属于自己的年轻，也依然有着属于自己的苍茫。

这天，我独自坐着地铁来到广州塔，这是我到这座城市八年来第一次如此地接近它。我抬头望着高耸入云的塔顶，它如一座巍峨的高山稳稳地屹立在市中心，经受着大自然的风吹雨淋日晒，但更多的是来自风的考验。因为对风的向往，我决定登上塔顶，隔着厚厚的防护玻璃，望着外面一览无遗的城市：川流不息的车辆，林立壮观的高楼，渺如蝼蚁的人群。

我将双手和双耳贴在玻璃上，完全感觉不到外面是大风凛冽的万丈高空，只是微微听到来自塔身的呼啸声，这种感觉和我乘坐长途客车时的感受是一样的。我想跟着风的脚步，一直往塔的最高处走，只有这样，我才能摆脱地面上那些嘈杂的风带来的干扰，才能聆听到让身心结合为一体的纯净的风声。在塔顶，我感受着来自数百米高空的清风的洗礼，我的五官沐浴在风中。这一刻，风再次进入了我的身体，洗涤着我的肉身，抚慰着我的灵魂。在风中，我感到一种旷世的悲伤，但是我需要这种悲伤来刺激在城市中沉沦的麻木灵魂。

当我回到地面时，由于塔的四周是一片空旷地，这里依然有风，它吹走了遗落在坚硬的花岗岩石板上的风沙，吹得石板上一尘不染。因为有轻微的恐高，此时我感到一阵眩晕，但风中少了一阵阴寒气息，它伴着阳光，带给我无限的温暖。

我在这座城市沉浮了近十年，几乎走遍了这里的每一个角落，经历过虐肆城市的强劲台风，感受过春夏灿烂的微风，亦承受过秋冬苍茫的冷风，我年轻的脸庞在风的浸染中犹如一朵绽放的蓝莲花。

4

广州是一座带风的城市，我喜欢这座城市的名字，简单明了，在我心里，“广”代表了海纳百川，“州”代表了美丽的洲际。广州就像一个广阔的洲际，不分白天黑夜，看看那一列列在地底疾驰的地铁，在地面上穿行的公交，行色匆匆的赶路的上班族，一座发达城市的最基本的元素带着风的姿态，吹来了现代化文明，也吹来了更多异地文化的交汇碰撞的火花。至今我依然清晰地记得初到这座城市是在一个深夜，长途客车穿梭在黑夜里，车厢里弥漫着人工制造的冷气，虽然我盖着厚厚的毛毯，但还是因为第一次乘坐长途客车，身体终究无法抵挡风的侵袭，病倒了。这是我来到广州第一次生病，因为患上风寒，调养了半个月才康复。在患风寒的那段日子里，我感到身体里始终囤积着一股邪风，它横冲直撞，让我疼痛不已。后来我发现原来风所带来的疼痛才能让我获得人生的蜕变，在疼痛中，我的身心获得释放、蜕变，如同被风吹拂到一个很高的地方，从此不再惧怕阴寒。

广州这座城市给我带来了风的启示，那是坚韧、勇敢、纯真、执着、诚挚，如今的我已经逐渐理解风在我的人生中的意义。

如果让我选择一座南方城市定居，我不一定会选择广州，但是这里是距离我家最近的一座既能看到世界、又能顾及生活的城市，我一生中有许多要去的城市：温州、上海、丽江、漓江……但有一座城市，却有可能是我以后一直生活的城市，它便是广州。如今的广州已经没有多少真正的广州人，大多数都是外来人口，因为这里有无限的机遇。

算上读大学的四年，我来到广州已经近十年，广州虽然以经济发展迅速而闻名全国，但是这里也有一些闲情逸致之处，比如小洲村、海心沙、小谷围岛、岭南印象园，还有更多的地方隐藏在这座城市的各个角落，这些地方让我感受到一个带着风的诗情画意的广州。

广州虽然外地人居多，但还有许多俗称“老广”的街坊留守于此，也正是因为他们的存在，才让这座城市继续带着独有的岭南人家生活气息。这种气息来自清晨那些坐在茶馆里饮茶的老人，来自穿着白色背心、坐在自家庭院里摇着蒲扇纳凉的男女老少们，来自那声熟悉的公交和地铁粤语报站声。

新广州人像入侵的台风，正在不断涌入这里，他们渴望能在这座城市刮出一片属于自己的领域，也许在他们当中有的人想成为这里的新主人，也许有的只是想寄居于此，做一名普通的、为生活奔波劳累的人。

而老广州人继续坚守着这里，不急不躁，哪怕他们思想老旧，住着破败的房子，生活与当代的时尚广州严重脱节，但他们坚守的是自身作为“老广”的生活梦想。作为广州漫长发展史中最好的见证人，他们想守住的并不是财富，也不是权力，而是一种来自岭南文化的云淡风轻的生活。

然而，高不可攀的房价成为外来务工者驻扎城市的噩梦，这不得不让他们拼命打工挣钱，哪怕挣的钱只是杯水车薪，但也许只有这样的充实务工生涯才能让他们在这座人心稍显冷漠的城市感到一点心安，这也是他们融在风里的誓言。

许多年过去了，如今的我，身处广州时，人在广州，心在故乡，而回到故乡时，又会出现人在故乡，心在广州的心境。每次当我走在广州的街头巷尾，都会遇见一些面容稚嫩的人，他们总是面无表情，低着头匆匆走过，但我能看到他们被风吹拂得苍茫的面孔。在他们的脸上，我看到了坚守、敬畏，以及隐忍。令我更加崇敬的，不是风吹过时，人们躲在风里的悲伤自怜，而是默默地面对苟且生活的虔诚而宁静的姿态。

陈斯莉 现供职于广州番禺区祈福新邨学校，从事英语教学工作。曾获全国、省、区各类英语竞赛优秀辅导教师并多次指导学生参赛获奖，受到家长广泛认可。撰写论文在区、片、校获奖并发表。2018年被评为校“优秀教师”。教育格言：捧着一颗心来，不带半根草去。

劳动最美花自开

新时代，每一个中国人都拥有一个实现中华民族伟大复兴的“中国梦”，作为一名人民教师，实践“中国梦”就是通过教育劳动去唤醒每一个鲜活的个体、培养每一个灵动的生命、灌溉祖国的每一朵花。一个班里的孩子就像一首诗里的奇妙字句；一幅多彩画上的斑斓色彩；一座万紫千红、争奇斗艳的百花图。而我，也理所当然地充当了“园丁”这个责任重大的角色，我深知每天需殷勤地用爱心灌溉这些可爱、稚嫩的小花蕾，盼望有天他们能绚丽夺目地绽放。可在同一个大花园里，有些花早开，有些花迟开，有些小花蕾甚至呈现出特殊的形态，耐人寻味。

初遇，静待花开

小佳就是这样一朵特别的小花蕾，我到现在还清楚记得她第一次上英语课时的情景。

她低头不语，不举手发言，也不敢正视我，不断用手玩弄着笔，坐立不安，却总想伺机干点什么。她的行为引起了我的注意。课后，我马上走到她跟前，关爱地询问她原因。只见她东张西望，不断玩着手上的橡皮，似乎要释放心中的焦虑。看到她似乎不太愿意和我接触，我便微笑地看着她，默然结束了对话。随后她的测验成绩也不理想，并且我能观察到她焦躁的情绪。后来从她母亲口中得知她患有儿童多动症，我第一次碰见女孩患此病，于是我翻阅了有关多动症的资料，并进一步了解这个疾病的成因和治疗方法，尝试从中寻找突破口。

了解，用爱细察

教育家巴特尔曾经说过："爱和信任是一种神奇的力量。教师那饱含爱和信任的眼光，哪怕仅仅投向学生一瞥，他们幼小的心灵也会感光显影，映出美丽的图像。"我在想，即便小佳不幸患有多动症，上天也不会残忍到剥夺她感悟爱的能力吧，于是我便顺着"爱"这一思路，尝试以"爱"的眼光去发现她的优点。不过其间我又发现她新的问题：不懂怎样与同学交往。下课的时候，她喜欢和其他同学在走廊里追逐打闹，而且有时甚至连上课铃声都没听见。后来通过身边同学了解到，当她想和同学交朋友时，就往别人身上打一下，惹恼同学反追她，便以为顺利交上了朋友。

走近，以爱滋养

感人心者，莫过于情；暖人心者，莫过于爱。针对小佳的特殊情况，我对她上课、人际交往方面的问题都运用了一些方法来引导她走向正确的轨道，一切源于爱，也发自爱。

我从培养良好习惯入手，耐心纠正她的多动行为。我知道小佳笔记记得很好，只要是集中精神，都能把课堂笔记记得十分工整，于是我一有机会就在课堂上拿起她整齐的笔记放到投影仪处表扬一番，并号召其他同学向她学习。起初她会略微惊讶，但后来我逐渐看到她露出喜悦的神情。这种正面鼓励在后半学期的课堂中慢慢产生了成效，她也渐渐形成了“只要我集中精力上课，就可以记好笔记，就可以受到老师和同学的赞许和认可”的重要概念。经过我的反复强化与积极引导，她上课时可以做到专心记笔记了，身体也不再左顾右盼了，我开始看到了希望。

倾听心声，对症下药。小佳上课精神不集中的问题基本解决了，她妈妈也向我反映她回家能够自觉完成家庭作业。为了使她轻松应对测验，我利用课余时间帮她复习巩固单元测试的考试重点。尽管我前期做了大量工作，但临测验前一天放学时，我发现小佳又出现了考前焦虑情绪，别人放学都早早回家了，可她还在教室内来回踱步。于是我抓住这个教育时机，对她进行疏导。“小佳，你干吗还不回家呢？”我握着她的小手关切地问道，并轻轻地抚摸她的头。“我……我明天……就要英语测验了！”她慌张地望着我，嘴里嘟哝着。我安抚她说：“明天测验又怎样？这段日子老师明显看到你的进步，明天尽力就可以了，无论你考出怎样的成绩，哪怕比上次进步 0.5 分，老师都会在班上表扬你的！别想太多，快回家吧！”她听了我的话，紧绷的眉头稍稍放松了些。第二天测验时，我悄悄地走到她身边，向她示以鼓励的微笑。最后，她在那次测验取得了巨大进步。小花蕾已准备怒放了，我真替她高兴。

疏导多余精力，因势利导。在小佳上课、作业、成绩各方面都有所进步的基础下，我继续从她交朋友方式上做引导。在交往方面，她的动机是单纯的，只是希望能得到同学的关爱和帮助。针对小佳好奇好动但又急躁、缺乏耐心的特点，每次英语小组竞赛时我总让她先操作，让她多发言，为小组多得分多争光，让她得到同学们的好感与关注。当她专心致志学习时，我会悄悄告诉她："以后只要你发言能先举手，老师每次都保证第一个请你上来展示。"户外活动她喜欢奔跑，我就让她当班里早练的领跑，让她多余的精力得以释放，也让身边的同学能欣赏她跑步快的优点，主动和她交朋友。

沟通，凭爱萦绕

为了全面纠正她的多动症，让小佳能和其他孩子一样正常地生活学习，我不但尝试与她身边的同学沟通，用爱和友谊包围她，而且尽可能地及时和她的班主任沟通，了解她的最新情况。苏霍姆林斯基有句名言："没有家庭教育的学校教育和没有学校教育的家庭教育，都不可能完成培养人这样一个极其细微的任务。"因此，我几乎每天都会和她父母通过电话、面谈、微信等方式沟通，向她父母汇报她的转变、进步和动向，这样与家长多沟通、多交流，指导家长运用有效的方法教育孩子，将家庭和学校的教育力量汇成一股合力，更好地帮助她成长。有了老师、同学、父母三方爱的灌溉滋润，这朵小花蕾终能凭借自己的力量绽放了。

教育家霍懋征曾说过："没有爱就没有教育。"爱如顺风，扬起即将起航的风帆；爱如明灯，照亮黑暗中摸索的道路；爱如暖阳，驱散人们心头的寒冷；爱如春雨，滋润出希望的嫩芽；爱如彩虹，耀出绚丽的光辉。让我们通过爱心与耐心去教育每一位学生，让我们协助学生凭借他们自身的努力与奋斗去实现每一个五彩斑斓的"中国梦"！

苏美华 现供职于广州北环高速公路有限公司。在网红遍地、视频为王的时代，仍然崇尚归于审美、信念与人性的文学。

用劳动，致敬这个时代

“灿烂星空，谁是真的英雄，平凡的人们给我最多感动……”一首《真心英雄》，会让你想起谁？如果说，中国九百六十万平方公里的土地承载着十三亿中国人的梦想，那么，星罗棋布的高速公路就犹如将梦想串联起来的快速通道。有这样一群普普通通的高速公路行业从业人员，多少次宵衣旰食，夜以继日；多少回殚精竭虑，不屈不挠。他们用努力工作，向这个充满梦想的时代致敬。

寒来暑往，风风雨雨里，他总会及时出现在混乱拥挤的路口，为每一个赶路人保驾护航。他的脸庞或许黑了几分，白发或许多出几缕，皱纹或许新添几道，但前赴后继的接力、无怨无悔的努力却一刻也没有停止。在城市里千千万万忙碌的车流中，他从不迷茫，让通往每个人生活与梦想的路畅通无阻，便是他的最高使命。他相信，踏实走好脚下的每一步，总有一天，他的梦想也定会实现。

瞭望，微笑，点头，扬手。在每天重复的平凡工作中，服务数百位过往司乘，忙碌时期每天迎接的车流量更多达上千车次，一年下来的服务次数达到数十万次。但他在这样平凡琐碎的工作中，造就了属于自己的不平凡，他提供的收费服务准确、快速、舒心。把每一件小事重复成千上万次，做到极致，这是每一个在平凡劳动岗位上的不平凡。

已经忘了多久没有好好休假了，每个清晨，每个深夜，穿行在桌面堆叠的材料与数据之间。曾经的他被质疑、被看轻，但当他对苦、累习以为常，对委屈置之一笑的时候，就成了更好的自己。要记得，“没有哪一种工作不委屈、不辛苦”“而那些不能消灭你的东西，终将使你更强大”。在困难中前行，是每个劳动者的灵魂课题。

时间一天一天看似过得很慢，仿佛飓风来临之前奏响的一曲芳华，反复回荡。曾经青涩的男孩女孩，他们在一去不复返的青春时光中为高路公路行业青丝成雪。子规夜半犹啼血，不信东风唤不回。奋斗的滋味只有亲历者最能体会，但改变的发生，我们每个人都能感知：中国高速公路通车里程不断刷新，高速公路运转效率不断提高，高速公路管理部门的服务质量和管理水平稳步提升。智能交通新时代的大风刮起，这一群“普通人”从前积累的能量，必将成为铸就新时代的勇武之力，让梦想抵达时代应允的远方。

他们以劳动致敬时代，缺少他们中的任何一个，都无法创造出我们引以为傲的当下。

毫无疑问，他们，就是我们这个时代的真心英雄。

杂文篇

黄丽琼 广州白云山和记黄埔中药有限公司综合管理部部长，从事营销服务和行政管理工作。通过深造取得经济硕士学位，中级经济师，助理翻译。在提高自身能力的同时，学以致用，坚信倾力做好平凡的事就是对职业的尊重。

站在新时代的起点上

企业的成长一直伴随营销人的脚步，天南海北，寒来暑往，走在历史的契合点上。回首来时的路，30 年很短，只是一个孩童成长为壮年的时间，30 年很长，青春和汗水已经渗透这片土地。如果一定要在这一刻留下一个注脚，我想应该是那些曾经为梦想奋斗的足迹！

正如习近平总书记所说：一切向前走，都不能忘记走过的路；走得再远，走到再光辉的未来，也不能忘记走过的过去，不能忘记为什么出发。

往事就在昨天

营销常务副总监汪俊奇 1980 年来到金宝岗，从事营销工作 30 多年，作为老白云山人，他见证了企业从无到有的成长历程。对于这片土地的一草一木、一砖一瓦，他如数家珍，用他的话来说“往事就在昨天”。在对那段历史描述中他用得最多的词是：三家村、知青和荔枝林。

当年的金宝岗属于磨刀湖管理区的农场作业区，是全国 10 大农场之一。为响应国家“知识青年到农村去”的号召，一批批知识青年来到金宝岗进行社会再教育。所以这里的人员组成主要是知识青年和生产队招聘的务工人员。所谓“三家村”就是只有三户人家的瓦房，以及山上成片的荔枝林，人烟稀少。实行农工并举，成立了滋补品厂，主要生产板蓝根冲剂、穿心莲片、面包保鲜剂等。当时的销路如何已经不得而知，只能在长者的“讲古”和古老的胶片中寻找到一点端倪。

1988 年是白云山首批大学生津津乐道、意义深远的年份。记忆的时光机穿梭于此，金宝岗茂密丛生的荔枝林，破旧厂房后荒山上的一小块菜地，一辆脚踏车就能满载幸福地从犀牛角到水荫路，拓荒者在他们风华正茂的年纪来到了这片热土。

汪俊奇回忆那段岁月感慨万千：华夏文明南粤秀，五羊至此乐安居，云山美景千层绿，珠水柔情依天尽！风华正茂闯天下，日游奔驰五百里，梦中志高揽羊城，醒来已是五十几！

真诚付出总有回报

作为企业第一代营销人，汪俊奇用“拿着地图拓展业务”、卖的是“三无”产品来形容当时的处境。所谓“三无”指产品无品牌、无市场、无客户。对于那段岁月，他至今记忆犹新，谈起那期间的小故事，他的眼眶又一次湿润。

记得跑销售的第一站是贵州。当年从广州到贵阳要坐 2 天火车，到贵阳卫星药材站后，因为人生地不熟，产品没有知名度，当即就被赶了出来。汪俊奇单凭着一股韧劲留下来与药材站的主管继续沟通，签下了人生中的第一份销售协议。第二站是昆明思茅，途中遇到大塞车，他狼狈地抱着两个大包在路边过夜，又渴又饿，不得已用样品“肌苷口服液”来解渴。赶到思茅已经是深夜。因为身处的环境与理想差距太大，他辗转反侧怎么也睡不着，爬起来写信给好友诉说心中的委屈与苦闷，洋洋洒洒两页纸不知不觉都被泪水浸透了。因为第一次出差的艰辛经历，他回来就准备打报告辞职，当时冯厂长的一句“你以为销售部是你想来就来，想走就走的呀！你是我亲自调到销售部的，你走了，我的脸往哪里搁！”让他打消了这个念头。从此在销售线一干就是30多年。第一代营销人用真诚和汗水打动了客户，用坚持与技巧撬动了市场。

1999年，李楚源临危受命，走马上任白云山中药厂党委书记、厂长。这一年李楚源厂长亲自带队参加河南“百泉药交会”。百泉药交会曾是全国三大药材交流大会之一，与河北安国、江西樟树齐名。当年参加药交会除了舟车劳顿，睡地铺、大锅饭、摆地摊那是常有的事，李楚源身体力行，率先垂范，走市场，重发现，他首次提出“抢、挤、造”的创新营销策略，至今仍是指引白云山营销人不断前行的营销法宝。他用了近10年的时间，将白云山中药厂从濒临倒闭的企业，发展为营业额超过8亿元的中成药制药企业。在这一过程中，他率先提出自主创新，打造“现代中药先锋企业”的战略构想，掀起了一场“普药精制”的营销革命，继而提出围绕三个“导向”（市场、科技、政府），努力打造中药“四化”（现代化、科普化、大众化、国际化）建设的目标。

不为人知的感动

张安成副总经理在一首献礼企业合资10周年的诗歌《五月宣言》中咏叹“营销是一道不绝的风景，营销是一种不老的青春”。

每一位营销“将士”用他们的青春和智慧在企业发展的道路上书写人

生。他们的故事既呈现了企业成长的点点滴滴，又记载了那些不为人知的感动！

他们中有的在“大漠孤烟直，长河落日圆”的西北边陲一干就是数十年！陈中廉部长奋战甘肃市场17年，将一个连“小米步枪”都没有、全年销售额不足50万元的省份做到2016年的突破4000万元的销售额，这是拓荒者的豪迈，他们手中的战旗在这场没有硝烟的战斗中始终屹立不倒！

他们中有的战斗在离太阳最近的地方，却依然坚信“高原缺氧，不缺精神”！青海省省级经理肖立人在平均海拔3500米、高寒缺氧、地广人稀的西北，一待就是20多年。尽管环境恶劣，基础薄弱，青海团队2010年销售突破1000万元，人均消费2元，实现跨越式增长。肖总常讲“海拔高要求更高”，青海“十三五”的目标是突破人均消费4元。

他们中有的工作在幅员辽阔的新疆，20人不到却要跑遍祖国1/6的土地，东奔西走横跨166万平方公里。从乌鲁木齐出发，全疆87个地区，最近的37.9公里，最远的1775公里，起早贪黑，只为能争取更多的业务时间，只为能跑到更多药店，只为多做一家药店的宣传。赵恩军曾在新疆担任了10年的省级经理，无论条件如何艰苦，就算是在社会环境最不稳定的时期，他也没有放弃，依然深入南疆开发市场，这是营销人“守土有责，拓土有功，失土有罪”的担当！

他们中有的撇下自己新婚的妻子和年幼的孩子，连续工作五六十天是常有的事！“原谅我不能经常在家，这是我心中最大的亏欠啊！只要家人平安，工作再累，我心也美啊！”这首歌唱出了在外奔波的营销“将士”的心声，为了责任与使命，为了创造美好的生活，他们每一个人都值得尊敬！

还记得，2003年初广东“非典”疫情暴发时，白云山和记黄埔作出三点承诺：不提价、高质量、保供应。其间，在全国范围内还发起了一次又一次的爱心大行动。这是企业发展的转折点，营销人用朴素的语言回应着：一滴水融于大海将变成永恒，一个人钟情于自己平凡的岗位，他的人生就会更精彩！

唯进步，不止步，我们在路上

2005年白云山中药厂与华人首富李嘉诚先生旗下的和记黄埔集团合资成立广州白云山和记黄埔中药有限公司，成为华南首家与世界500强企业合资的企业。企业以稳健的步伐迈入持续健康快速的发展，摆脱“后非典”效应，2010年，企业销售额达到13亿元。2004年开创并践行“家庭过期药品回收机制”，创下“全球规模最大的家庭过期药品回收公益活动”吉尼斯世界纪录，这也是中国企业首次在公益慈善领域获得的世界纪录。

企业以创新为动力，首创家庭过期药品回收机制，全国首家半开放式中医药博物馆，首推中药足球，建立GAP基地，等等。在营销线，创新的脚步从来也没有停止过。2000年在行业内首次实施“现款后货”为后来非典时期的爆发性增长做好机制准备；为应对后非典时期的困境，首次创造性地实施“计划营销”；从“A380计划”到“亮剑行动”，从“三级分销体系”到“终端发动机、轮子终端”，从“政务营销”到“事件营销”，从“省级公司制”到“预算审核制”，从“第三终端”到“农村市场开发”，从“普药精作”到“学术营销”，“从服务代理制”到“大健康产业”，等等，身处其中的营销人感受最为真切。企业每一次大的发展都是从创新创造、转变思维开始，通过众志成城的“实干、苦干、大干、巧干”得以基业长青！

营销副总监陈文新，半百的年纪头发已如霜染，主持大本营华南区销售工作多年，他曾说：营销很简单，就是去“干”。只有干，才能知道市场究竟行不行；只有干，才能让客户感受到你的诚意与坚持，增强合作的信心；只有干，才能有3000万的销售额。

营销副总监陈京，被尊称为教授，那是因为在学术营销这条路上陈教授已经追寻了数十载，过硬的专业知识，激情澎湃，振聋发聩的演讲是他授课的特点。记得一场在中山纪念堂举办的学术交流活动中，音响是关闭的，可是他的授课依然能够传达到最后一排的观众。近年已开展学术会近千场，在科技给力营销、学术给力营销的指导下，一支专业有素的学术队伍正活跃在大江南北。

市场总监吕艳平被称作营销线的“铿锵玫瑰”，是从一线业务中摸爬滚打出来的，少有的女性营销干部，和一帮大老爷们儿一起扛指标。7年山东市场锻造，5年华南市场的历练，让她形成了雷厉风行、敢作敢为的管理风格。至今吕总还会将李董提出的“营销三十字方针”放在办公室的显著位置，“做大消费群、抢夺好终端、优化经销商、市场出手狠、营销管理严、人员素质高”，这30字仍然是市场上克敌制胜的宝典。

俯首甘为孺子牛的劳模精神

2011年，企业荣获三大国家顶级荣誉：2010年5月，李楚源总经理当选为全国劳动模范；2011年7月1日，白云山和黄中药党委被中共中央授予党建工作最高规格的“全国先进基层党组织”光荣称号；2013年4月28日，荣获“全国五一劳动奖状”的先进集体。

习近平总书记这样评价劳模精神：“劳动是财富的源泉，也是幸福的源泉。人世间的美好梦想，只有通过诚实劳动才能实现；发展中的各种难题，只有通过诚实劳动才能破解；生命里的一切辉煌，只有通过诚实劳动才能铸就。”

2011年4月22日成都药交会结束后，李楚源总经理不顾辛劳、日夜兼程，乘坐晚班机，带领集团和公司领导亲临山东视察指导工作。当他在酒店听取了未来几天的行程安排后，时针已经指向4月23日的00:55。凌晨汇报工作这只是白云山和黄劳模精神的一帧剪影。

公司有经验的营销人都知道，早晨6点至8点，晚上10点至凌晨1点，是最有可能收到李总布置工作的短信和电话的时间。也有人说如果你有幸能够与李总一起出差，那你要提前几天好好睡觉，因为一场战斗就要打响了，回来后可能要花上一周来恢复。

徐科一总经理走过了30个年头的营销生涯，“最初的销售工作主要是签合同、发货和收钱”，对于自己职业生涯中最不起眼的这段经历他始终念念不忘。就是这样一个踏实又有梦想的年轻人，凭借自己不断学习和努力，实现了属于自己的理想，就如他常说的：“成功一定有方法。”徐总常常利用周六日的时间组织营销线的年轻人学习，“神农大讲堂”开课已经3年，每一次课程他都精心准备。有时为了讨论近期的营销问题，晚上10点他的办公室仍然灯火通明、座无虚席。他给自己定了个目标，“2020年要卖到50亿元，2025年要突破百亿元”，因为他相信“营销没有天花板”。这就意味着已经天命之年的徐总，仍需要比年轻时更努力地为企业发展奋斗十年，甚至二十年，这就是潮汕人那股“爱拼才会赢”的闯劲！

正是在这种劳模精神的感召与带领下，才锻造了一支支精英团队。李楚源董事长曾经称赞营销团队：市场巨变何所惧，风雨无阻西北狼；丝绸之路有劳模，神农精英抱梦想；苦干团队内蒙古，实干标杆是河南；巧干示范学山东，大干两强是两西。

徐科一总经理在2011年刊发在《赢销》（白云山和黄企业刊物《神农》的前身）中一篇题为《焕然一新》的文章中写道：“这是一支热爱生活、富有活力、在生活中吃着火锅唱着歌的乐观团队；这是一支性格坚毅、胸怀豁达、勇于进取、敢于挑战的团队；这是一支继承勤奋、敬业、创新、执着的企业灵魂的团队；这更是一支如李楚源总经理所高度评价的焕然一新的营销团队！”

续写新篇章，创造新辉煌

2017 年 10 月 5 日，广州白云山和记黄埔中药有限公司迎来了发展史上的又一里程碑——神农大厦总部经济大楼落成启用。2017 年 12 月全国首家半开放式中医药博物馆“神农草堂”获得国家 AAAA 级旅游景区认证。

“风雨无阻西北狼”，有着咬定市场不放松的“狠”劲，有着同心协力的群狼精神，西北大区“少帅”卢益中 30 岁出头已经肩负起了西北六省 1.8 亿元的销售任务，在一次传经送宝的交流会中，他用朴实的语言道出了西北市场运作的真知：“在正确的时间投入正确的资源，用最小的资源争取最大的效益。”

2016 年山西营销中心突破亿元大关，党员模范岗代表朱少鑫代表山西团队发言：即便再多的“硬骨头”，只要“干”字当头、“实”字托底、言行一致、知行合一，我们也坚信成功一定有方法。

李绪雄在“中原龙”河南一干就是 12 年，在他的带领下，通过优化渠道、深耕细作、突破瓶颈，他的团队连续多年斩获公司年度收款发货“双冠军”。2013 年河南省销售额首次突破 2 亿元，这也是广药集团在广东省外首个超 2 亿元的省份。他也因此荣获 2017 年“广药营销之星”。他常说：“不逼自己一把，你永远也不知道自己有多优秀。”

他们是企业新生代营销人的代表，用学习与创新、激情与梦想、感恩与业绩，在瞬息万变的市场上挥斥方遒，在奔腾不息的商业浪潮中所向披靡。

30 年企业发展，营销路上还有许多优秀可敬的战友，这里囿于篇幅，只能用粗浅的笔墨记录小小一部分营销人的奋斗足迹和闪光思想。

李楚源董事长在新年营销例会上勉励营销“将士”，“要让白云山这面改革的红旗高高飘扬！”30 年弹指一挥间，却为我们留下了取之不尽用之不竭的强大精神动力、敢为人先的“神农精神”、“俯首甘为孺子牛”的劳模精神、“抢、挤、造”的开拓精神、“严、勤、细、实”的工作作风、“实干、苦干、大干、巧干”的四干精神、“白云山爱心满人间”的企业精神等，它们激励和鼓舞着企业员工发愤图强，继续把企业发展推向前进，续写新的篇章，创造新的辉煌！

陈珊珊 现供职于广州越秀区育才学校，系广州市青年作家协会会员。从事小学语文教学工作，同时兼任学校团支部书记、心理健康教育科组长、德育组成员。工作以来勤奋刻苦，尽职尽责，曾获得“广州市优秀少先队辅导员”“广州市读书先进个人”“2016-2017年度广州市越秀区优秀共青团干部”等称号。

尊重是相互给予的

最好的教育是以身作则。孩子们对谎言或虚伪非常敏感，极易察觉。如果他们尊重你、依赖你，即使年龄很小也懂得合作。

——题记

雨如决河倾，尊重传温暖

以往，我最喜欢傍晚下班后的小雨，不用撑伞，有种“雨中漫步”的随意，悠然自得。这时，雨是受欢迎的。只有暴雨才被大家嫌弃。一天中午，我在学校附近吃完午饭，不料临近下午上学的时间下起了大雨，我只能站在挡雨的地方耐心等待上学的学生把我顺路带走。站在我旁边的是一位老人家，看他手上也没有伞，他不时看看天空，目光随着雨点落到地上，大概也在等雨变小吧。

忽然，我们的视线闯进了一位外卖小哥，我与老人迅速地给他挪了一点位置。他从头到脚都是湿漉漉的，即使头上戴了安全头盔，但仍看到他头发一直滴着水，他抹了抹脸上的雨水，隔着手机套在看配送的地址。或许因为雨水太多，手机屏幕接触不良，他无奈地把手甩干，从手机套里拿出手机。我闻到了微微散发的汗味，像海风一样有些咸。他感觉到两位陌生人对他的关注，抬起头冲我们笑了笑，毫不避讳地分享道他以为雨不会下得那么快，早上出了一身汗，便回家洗了澡后出来送午餐，结果一场大雨又淋成了“落汤鸡”。说着他不好意思地笑了，我和老人也自然地和他搭着话。

他的分享让我想起早前给学生读过的一则新闻，标题是《外卖小哥暴雨中被催单，浑身湿透仍义无反顾地送餐》。也许被认可的不是“浑身湿透”这四个字，而是作为劳动者“义无反顾”的坚定。广大劳动者的特质是累，甚至有时伴有心酸，但他们依然选择迎难而上，做好本分工作，因为责任心驱动着我们迈开脚步。劳动铸就中国梦，让我们告诉孩子：少一份苛刻，多一份尊重，温暖别人，同时也在成就我们自己。

就拿我自己来说吧，通常从外卖小哥手里拿到快餐的时候他们都会说“慢用啊”，为了表示尊重，我一般都会说“你太好了，谢谢！”顿时有种温暖的感觉萦绕心头，我喜欢这样的感觉。

蟠屈泥土中，尊重相给予

甘地夫人曾说：“最好的教育是以身作则。孩子们对谎言或虚伪非常敏感，极易察觉。如果他们尊重你、依赖你，即使年龄很小也懂得合作。”作为一名教育工作者，我一直认为，“尊重”是相互给予的，上课静心听老师讲，老师耐心听学生回答。课堂，不仅仅是知识的传授，更是言传身教的价值观和为人修养、是文化而非无生命的传授。教育，不仅是道理的说教，更是以身作则的示范。

一天晚上下班，我像往常一样走在回家的路上，途中看见有两位沾着满腿泥的修路工站在某家快餐店门口，我不禁驻足。快餐店的收银员愣住了，大概是害怕沾满泥土的鞋子踏进店里，会影响店里的用餐环境。出乎意料的是，修路工非常自觉，一位脱了鞋子，光着脚丫进去打包晚餐，一位站在门口等着，侧着身不影响进出的顾客。此时，我脑中冒出了一句话：尊重是相互给予的。

店员表情虽难掩不自然但却没有说出嫌弃的话语，修路工在无人提醒的状况下却如此自觉，没有因为满鞋的泥土而给店里带来不便。扪心自问，如果自己是那位店员，面对特殊的客人，我们会采取什么态度呢？给他一个塑料袋包着鞋子进来？或许让他们直接在门口点餐？还是只能心中埋怨，一边想着等会要马上清洁干净呢？我很欣赏修理工，这是他们自己赢来的尊重。

在地铁上，我也曾经见过一些农民工由于害怕弄脏座位而直接坐到地上的情景。他们是每个城市的缔造者，但却活在社会最底层；他们是辛勤可爱的劳动者，起早贪黑，但有些时候却遭到白眼和嫌弃。每个人的生活都是不易的，但只有相互给予尊重，社会才能往正确的方向前进。

反思我们自身，又何尝不是在“不尊重人”和“赢来尊重”中徘徊度过呢？人与人之间的不同才让我们走到一起，难道我们不应该从各种相处中懂得为自己“赢来尊重”吗？当你懂得尊重时，你便赢来尊敬；当你懂得自重时，你便赢来尊严。如果有时候没有感觉到被尊重，也许是我们还没做到“值得被尊重”，那么，我们就需要更加努力，让自己更加强大。

古嘉森 现供职于中国邮政集团公司广州市分公司。喜欢真善美，愿意通过工作和劳动来观察社会、融入社会、体会社会，更深入地把握社会中的真善美，从而让自己在德智体美劳全面发展的道路上迈进。

对面有朵美芝兰

她，眉如远峰。

她坐在我的对面，我闲余的时候喜欢“听”着她工作，听着她与客户沟通，留意她的一颦一笑。

“您好，中国邮政，很高兴为您服务。”

唔，开场白说得不错，我假装自己是来电的客户，心里默默地点评了一下。

“让您久等了，我这边查询到您的邮件还在路上运输，建议您再耐心等候一下。”

呵呵，你这样子的回答，“我”肯定是不接受的。我偷笑一下，继续旁观她会怎样应对。

果然，她受到了客户的质询，她眉毛微皱，语气中带着诚恳和歉意：“真的很抱歉，由于邮件正在路上运输，现在真的无法给您安排投递。”

听到这里，“我”仿若客户般轻叹一口气：邮件还在路上，的确是没有办法安排到运输，虽然“我”能理解，但是仍然会觉得无奈，负面的情绪也让“我”想到了更多生活中不愉快的地方，“我”有点愤懑，“我”现在不开心。

就在这一刻，听到对面的她说道：“我能体会到您的心情，这个邮件对您来说很重要，我这边会通知工作人员为您留意，邮件一到的话会尽快联系您，给您安排投递的。”

她的话，让“我”感觉到被他人理解、被他人尊重，一下子就被安抚下来了。听着她的声音，似乎有这样一双温暖的手，轻轻捧起“我”那感到失落的心，拂开“我”心上的灰霾。我不知道来电的客户是怎样想的，但是“我”愿意相信她，愿意接受她的建议。

“感谢您的信任，您放心，我们一定跟进好这份邮件。”看来客户也认同她，不错啊，又处理好一件话务。我在心里继续默默地想着，突然她抬起头，冲我问道：“干吗一直盯着我看？”

“你态度好，气质佳，最重要的是你好看啊，看着你，我开心啊。”

“就你嘴甜。”她满脸的不相信。

“对了，怎么从来没有看过你发脾气啊？好想看看你发脾气的样子……”

“哪有？”她朝我笑了一下，“你也不差啊，这个月你又被评为优秀话务员了。”

我愣了一下，诚心地说：“还不是因为和你学习得多，谢谢你啊。”

与善人居，如入芝兰之室，久而自芳矣。

黄璜 现供职于广州市育才中学，担任语文教师及班主任，爱岗敬业，有理想，有追求，用真心、诚心、爱心对待每一位学生。多次辅导学生参加全国演讲、征文比赛，屡获奖项。多次获得校“十佳班主任”“十佳教学能手”称号。被评为越秀区“优秀团干部”、越秀区教育系统“优秀党员”，获得首届“广州市中小学百佳班主任”称号。

寻梦·追梦·圆梦

如果，你问初涉教坛的我当一名班主任幸福吗？我会回答你：不幸福，很辛苦。

如果，你问从教十年的我当一名班主任幸福吗？我会回答你：很辛苦，但也很幸福。

十年，如朝露般美好的青春，如朝霞般炫目的年华，我都留在了这三尺讲坛上。

回首十年时光，那最初小小的教育梦，犹如一株新苗破土而出，孕育在沃土里，沐浴在春日的柔情细雨中，生长在夏日的温暖怀抱里。发芽，抽枝，开花，结果，成长为一株郁郁葱葱、枝繁叶茂的大树。

然而，正是这些“曾经”让我逐渐成长起来……

寻梦的道路漫长而曲折，小小的教育梦实现起来也没那么一帆风顺，曾几何时，我为了学生的不争气而落泪，为自己的付出石沉大海而伤心，我为什么做教师？我要做一名什么样的教师？每当我觉得无比迷茫的时候，脑海里总有这两个问题挥之不去……

那是2010年金秋，收获的季节。我在带初一新生的奔波忙碌中迎来了职业生涯的第四个教师节。清晨，在校门口，匆匆赶路的我，和刚毕业的三个大男孩不期而遇，更惊喜的是，他们竟然每个人手里都拿着一朵鲜红的玫瑰，见到我，一脸的羞涩扭捏，和三年前那调皮捣蛋的模样大相径庭。没想到人生中第一次收到玫瑰花，竟然是学生送的，而且是当年最调皮的学生！打开他们送我的小卡片，上面写着：黄老师，您还记得吗？当年我离家出走第二天中午，您找到了又饿又累的我，没有一脸铁青，没有开口责骂，只轻轻说了一句“孩子，回家吧，没什么地方比家更温暖。”那一刹那，您看到我充满泪水的眼睛了吗？

这些曾经在“检讨书”上出现过许多次的笔迹，是那么地熟悉，而今，这些字迹却印在了这张给我的感谢卡里，一笔一画，写得比任何一次作业都工整！那一刹那，我的心，被一种叫作幸福的感觉填满了！那三朵玫瑰，就像三颗跳动着的、年轻的心，光彩夺目，照亮我的第四个教师节，更点亮了我作为班主任的幸福！

那一刻，我仿佛又看到最初那株破土而出的新苗，原来，我一直都走在寻梦的路上。

秉承着自己的初心，我不断追寻，将来，我会成为一名怎样的教师呢？相信种子，相信岁月，相信师生的无限潜能，所以我要做一名尊重、发展学生个性和能力，让学生受益一生的教师。

对于孩子们来说，什么能让他们受益一生呢？我思索良久，似乎没有找到最确切的答案。那就从孩子们生活的一点一滴去发现吧。

我第一个想到的是我们的教室，孩子们每天在校园里待得最久的地方，让每一面墙都变成会说话的墙！“老师，我们可以贴上全家福吗？我们可以有班级之星吗？我们可以有进步风云榜吗？”没想到我一个思维的火花，竟然点燃了孩子们的热情，不到几天的时间，班级里的每一面墙都有了自己的主题。全班孩子的“全家福”，贴在班门口最显眼的位置，孩子们用五彩缤纷的卡纸剪贴出“飞翔班”的班名。教室里的每一面墙，仿佛都成了孩子们的作品展示板。秋天的时候，他们抄写出最爱的秋天古诗，工工整整贴在墙上；春天的时候，班会课一到，孩子们有的带上相机，有的拿着画板，找到学校里最亮丽的风景，“咔嚓”一拍，画笔一绘，校园里的一草一木，都在他们的眼中留下最美的一瞬；暮春四月细雨纷飞，“寻找育才最美春天”的主题宣传画，贴满了教室的一整面墙，孩子们用自己的创意，把育才的春天装在自己的教室里！原来，孩子们的创造力是这么无穷无尽，而我作为班主任，要做的，就是相信孩子们，鼓励孩子们，当班主任的每一天，都是发现惊喜的一天，我用自己的双手，帮助孩子们托起明天的梦想。

在这草木葱茏、繁花似锦的教育之路上，我仿佛正在一步步走进那个绚烂的“百花园”，每个孩子，都宛如含苞待放的花朵，经过三年的浇灌培育，开出生命最骄傲的姿态。漫步于五彩缤纷百花盛开的花丛之间，徜徉于山清水秀树绿花红的意境之中，我觉得，自己是那么渺小。我也许是一棵名不见经传的小草，但我愿意竭尽全力为教育增加一点绿。

山路崎岖，蜿蜒而上，2013 年我实现了从初中到高中的跨越。新接手的高一班级，孩子们早已不再像初中那般天真懵懂，看着那些高一的男孩子，他们有的都已经长得高过我一头，更多的时候，他们站在我的身边，更像是为我遮风挡雨的大树。还记得那年高三家长会前夕，忙到焦头烂额的我感冒加剧，最紧张的一模家长会，我竟然失声了！无奈的泪水在我的眼中打转，此时的我恨不得有个复印机，这样我就可以复制一个“黄璜”出来，陪着同样紧张期待的家长们，分析孩子们一模的状态，为孩子们加油打气。“老师，明天的家长会，我来主持，您要讲的部分，我来替您讲。”晚修结束后，刚回到家，就接到班长给我 QQ 留言，“你能行吗？你知道我明天要讲什么吗？”我连续抛出了两个疑问，班长很快回复我：“老师，相信我，跟着您的这三年来，我主持过无数次班会，家长会相信也难不倒我。至于明天您要说的重点，我已经整理好了。”刚收到回复，课件就已经发送到了我的手机上，打开一瞧，班长早已梳理好了家长会的流程，还有每个班委负责整理的部分，家长会当天负责讲解的部分，全部安排得井井有条。

我的泪水不争气地流了下来，原来，在我病着的这几天，孩子们早已为我承担起了一切。泪水里，那不能发言的担忧早已一扫而空。原来，孩子们早已成长为一棵棵参天大树，当风雨来袭时，他们早已伸出有力的臂膀为我遮风挡雨。

看着班长在讲台上侃侃而谈，我仿佛又看到当初那个心怀小小教育梦的自己，“长大后，我就成了你！”没想到，有朝一日，我也体会到了歌中那一份欣喜，与孩子们共成长，兴许就是我作为一个班主任最幸福的梦想！

我是一粒种子，一粒教育的种子，我是信念和坚韧孕育的果儿，我无法选择我面对的天空——晴朗还是阴霾，湛蓝还是灰蒙，但无论暴雨风霜，我早已对岁月承诺，让自己的生命绽放！

如果你是一棵茁壮成长的新树，我愿做你的毛细根系，即使深埋土里，即使不能出人头地。但那伟岸挺拔的树杆，那直插云霄的树冠，那傲然屹立的雄姿，有我的一份力，我心足矣！

戎庆南 现供职于广州钢铁企业集团有限公司。受中国传统文化影响较深，在撰写科技和管理论文之余，也换换脑筋、偶发风骚，以抒心头之快，多年来发表了近百篇诗歌、散文、杂文、小小说、科普文章、摄影作品、印章作品等。

知识改变命运 见证企业发展

2018 年是中国改革开放四十周年，我见证了改革开放给中国人民带来的翻天覆地的变化。

正是有了 1978 年的改革开放，国家重新恢复了高考，才让我这个身处海边小镇的小孩，通过知识改变了命运。通过大学四年系统专业的学习，1988 年我大学毕业，当时正值改革开放第十个年头，我被分到了广州这个改革开放的前沿城市，分到了已经建厂三十年的华南地区第一家钢厂——广州钢铁厂。

我在这里工作了三十年，也见证了广钢最近这三十年的发展，从广钢举办第一届企业文化节开始，这个企业就给我留下了深刻的印象，我在这里树立了自己正确的世界观、价值观、人生观，一路走来，在发挥自己专长为公司改革发展尽一份力的同时，我也实现了自己的人生价值，见证着广钢的每一步发展。

1988—1998 年

伴随着国家的发展，广钢进入改制整合期，是地方钢铁国企中第一个实现了中外合资、改制上市的企业。广钢利用中外合资所获得的资金引进了电炉、发电机组、轧钢、制气等当时世界先进的冶金相关设备及技术，整合了广州地区所有国有黑色和有色金属企业，承接了珠江钢铁的建设，使广钢成了棒、线、管、带、板齐全的黑色和有色金属企业。

这十年我也从一个刚毕业的大学生逐渐晋升为助理工程师、工程师、高级工程师，从事着企业的技术管理工作。刚大学毕业时我有幸参与公司多个技改项目的现场施工管理，既锻炼了自己的能力也用自己的专业知识帮助了企业。

1998—2008 年

广钢进入发展期，钢产量从初期的 100 万吨发展到超过 400 万吨，最有代表性的两条生产线是棒材连续轧钢线和薄板坯连铸连轧生产线，也是发展最快的两条线。连轧厂进入了高速发展期，产量通过优化改造从设计初的 40 万吨达到近 100 万吨。珠钢的薄板坯连铸连轧代表当时世界最先进的薄板轧制技术，产量超 200 万吨的同时，各规格、各钢种开发尤其是集装箱板的开发和生产上也引领了当时的薄板技术潮流，使公司知名度大为提高。

我也从一个技术管理者变为一个行政管理者，在这一时期我的岗位转变很频繁，虽然是工作的需要，但也锻炼了自己，使自己成为一个多面手。

2008—2018 年

随着国际金融危机的发酵，广钢也进入了调整转型期，2011 年珠江钢铁关停，2013 年广钢控股公司相关企业大规模相继关停，人员逐渐分流，企业也从钢铁冶炼中退出，除了保留部分有色金属的生产外，黑色的棒、线、管、带、板的生产逐渐退出，而棒线材的生产以轻资产贴牌生产的形式继续延续，形成年约 230 万吨的规模，又新上了一些新能源、新材料及高端制造项目，同时利用部分企业的土地资源进行产业地产和钢铁物流园区的建设，使公司形成新的以产业金融、产业运营平台为塔基的“广钢金塔 2aA 战略”，为新广钢的发展注入新理念。

我的岗位也在不断地变化中，在从事近八年理化检测的管理后又转回做设备管理。

来到公司三十年，一路走来，得到了很多人的帮助、指导和支持，不敢说自己取得很大的成绩，但对于上级交办的每件任务，我都会尽己之所能，认真对待，尽力做好，哪怕有时会不尽如人意，但我也问心无愧，毕竟我努力了、付出了。

改革开放为国企注入了活力，也为我打开了了解外面世界的大门，使我的人生过得如此精彩，感谢改革开放，感谢这个时代。

翁宗琮 现供职于广州市123中学，系南粤优秀教师。注重在日常教学中聆听学生的心声，用爱与耐心陪伴每一个学生成长，并采用多种有效的评价方式激发学生的学习潜力。个人专著《深度融合视角下的教育实践》一经出版便获得好评。

陌上初熏

我常常会问自己，在这个略显浮躁的时代，教育的初心是什么？怎样才能成为一个卷不离手的读者、一个孜孜不倦的诲人者、一个勤勤恳恳的作者、一个不断反思的思考者，用稳健的脚步，留下厚实的脚印。我想借此谈谈我十七年教育征途的心路历程。

我大学读的是物理学教育专业，2001年到市123中学工作，当时学校物理老师的岗位已满，因此我被安排去当电教管理员，同时教信息技术课，这一做就是十多年。我从参加工作的第三年开始就一直连续担任班主任，信息技术教师担任班主任是十分罕见的，维修维护电教设备的老师担任班主任的更是少之又少。我在大学所学的知识虽然跟信息技术有点关联，但是并不专业。因此为了更好地做好本职工作，我经常维修电脑与电教设备至深夜，并且利用寒暑假的休息时间到华南师范大学攻读教育信息技术专业的硕士学位。

在担任信息技术教师与电教员的日子里，我不仅要习惯像电工一样被呼来喝去，还要时刻准备好因为设备出现故障而挨骂。在那个信息技术远没有今天普及的时代，很多老师都觉得电脑出现问题是电教员不作为导致的，个别老师也会嫌我维修的速度慢，而将我投诉到领导那里去。即使在这样一个工作环境中，我也没有怠慢，而是一边努力提升自己的信息技术水平，一边绞尽脑汁优化方案。

正是这珍贵的十年，让我把网络、电脑软硬件、编程、电子线路、焊接维修、喷漆工艺等五花八门的领域都熟悉了一遍，也正是这些莫名其妙的技能让我在以后的教育教学与青少年科技创新工作中更加如鱼得水。

正当我对所负责的工作上手时，学校一位物理老师离职，学校临放假前通知我下半学期立刻接手三个班的物理教学工作。虽然这是我梦寐以求的事情，对于一个大学本科毕业的老师来说，教中学物理也应该没什么难度。但我毕竟有段时间没有接触课本内容了，因此那一年的寒假我几乎没有出门，像一个新手一样，把课本、教学设计、习题等所有资料从头到尾温习了三遍。

我圆满完成了一个学期的物理教学工作，并同时兼任信息技术与电教员，得到了区教研员和学校领导的肯定。2017 年学校让我担任年级级长。

2014 年是我人生至今为止最忙乱的一年，除了之前的工作，我还接任了学校团委书记的工作，回想这段经历，我都有点佩服自己。

有的时候，回想起自己复杂且坎坷的工作经历，我免不了抱怨，为什么要我接受这么多的磨炼。入职之初，我只是想当好物理老师，命运却安排我从事电教员的工作。其他学校的电教员不需要担任班主任，我却从来都没有中断过班主任这份工作。等我终于可以熟练驾驭这份工作时，学校却又让我回到物理教学中来。十多年来，我总感觉自己比别的老师要忍受更多的折磨。

有一次，我带着工作当中的巨大怨气回到家里，不小心打翻了桌子上的一个玻璃杯，我突然感到非常憋屈，干脆将桌子上十多个玻璃杯全都摔到了地上。我的母亲看见一地的碎玻璃，也没有责怪我，而是等我冷静了以后，问我：“你的教育初心是什么？”是的，我的初心，就是我加入教师这个队伍时，我要坚持我的梦想——做有益于教育的事情，坚持做自己认为对的事情。那我又何必在意别人的看法呢？我小心翼翼地将一地的碎玻璃捡起来，装在一个玻璃瓶里，放在我的书桌前。

从那以后，我就开始反思自己的工作定位，我既然无法改变环境，那么就改变自己去适应这个环境。我开始改变思路，思考如何将自己不同领域的优势有机地融合在一起。我开始将信息技术工作与物理教学工作进行融合，刚开始时不少人嘲笑我不务正业，但只要是我认为正确的事情，我就会一直坚持做下去，我做成了这件事，并且出版了个人专著《深度融合视角下的教育实践》，很多人的态度也从一开始的质疑变成认同，我也因此被评为南粤优秀教师、广州市优秀教师、广州市名教师，获得黄埔区政府嘉奖。我在第一次接过政府授予的奖状时，突然明白，这么多的磨炼，是为了让我在飞翔的时候，获得更多的力量。

黎巴嫩诗人纪伯伦说：“我们已经走得太远，以至于忘记了为什么出发。”在从教的第十七个年头，回看自己的教育之路，我发现，当时看起来我所走的“弯路”，现在看来也大有用处。

“锁离愁，连绵无际，来时陌上初熏。绣帏人念远，暗垂珠露，泣送征轮。长行长在眼，更重重、远水孤云。但望极楼高，尽日目断王孙。”有的时候我们只顾着看路上的泥泞，却忘记欣赏花开的纯美，前路虽然迷茫，但要坚持内心最初的信仰。

郑翠娥 现供职于广州邮政。爱好读书、写作。执笔抒心，以文载情，屡次在《广东邮政报》等媒体上发表文章，撰写的文章曾获广州地区出版物新闻奖消息类一等奖。

黄展鸿 现供职于广州邮政。多年从事党建、思想政治、企业文化和共青团工作，多次在《中国企业文化》《中国邮政》《管理学家》等核心期刊发表论文。

系好人生的第一粒扣子

作为一名广州邮政人，我们都不止一次听过投递员张雪刚的故事。2003 年，这个刚满 18 岁的年轻人从河南来到广州，成了广州邮政汇彩递部的一名投递员。

张雪刚个头不高，体型偏瘦，带着微笑的脸上，显示出与同龄人不一样的成熟，他从工作的第一个月开始，就表现出与众不同的品质。

他不仅仅是一名投递员，还是一个特别主动为客户着想的人。原本每天的上班时间是早上 7 点，可他 6 点钟就到了。他每天骑单车往返于黄埔和东圃之间，上下班来回路程 30 多公里。他说：“如果我早一点到投递部，就能早一点把水电、煤气的缴费单送到客户手上，他们就不用交滞纳金了。”

就这样，他每天都铆足劲，奔波在长长的邮路上，一个月下来，竟然瘦了十斤。有一天还不小心从单车上摔了下来，嘴巴磕在了马路边的花基上，鲜血直流，去医院缝了八针，至今他的嘴唇边缘还有一道印痕。

当时，有人问他：“你这么拼命，有必要吗？”他说：“我们刚到邮局接受岗前培训的时候，老师就对我们说：一定不能积压、延误邮件。”

15 年来，他始终牢记这句话，在投递工作中，做到了零投诉，零失误。2016 年，他每天送的包裹达 300 多件。即便如此，他依然对自己要求严格：“做人做事，没有最好，只有更好。”

他拉着一车包裹到大学校园投递时，按手机尾号把堆积如山的包裹进行排列，方便取包裹的同学。《中国邮政报》记者发现他的这一举动后，问他：“你为什么要这么做？”他说：“我只想让同学们尽快取走包裹，节省点时间，不要影响学习。”

一位风里来雨里去的投递员，一个小小的举动，一句朴实的话语，折射出他那颗金子般闪光的心灵。2016 年，张雪刚被评为“中国邮政集团公司优秀投递员”、广州邮政“十佳投递员”。

2017 年 5 月，经过严格选拔，表现突出的他成为广州邮政天河投递分局的客户经理，组建了一支十几人的营销揽收团队。

当时，国内小包市场竞争激烈，他的工作异常艰难，一旦有业务，工作时间就要超过 10 小时，忙到凌晨三四点钟也是常事。即便是这样，他仍主动去帮助客户解决各类问题，如帮助客户找仓储场地，为客户打包产品，遇到离市区较远的客户，他就自己租一个离客户最近的场地，随时帮客户解决问题。

一次，张雪刚去跟客户谈业务，刚到那里，发现客户正在搬运东西，他二话不说就去帮忙，根本就没有时间去谈他自己的业务，等张雪刚回到公司，没想到客户主动打来电话，直接让他过去签合同。还有一次，在拜访客户期间，客户不小心受了伤，他立马把客户送到医院，直到安顿好一切才离开，客户非常感动，又二话不说把业务交给了他。

不到一年的时间，他带领的团队的业务量就跃居第二名。

每逢春节，其他快递公司都放假了，只有邮政服务还在继续，而他身边很多同事都是外来人员，他总是把回家过年的机会留给其他同事，自己很多年都没有回家过春节了，只在双胞胎女儿出生的那个春节回去过。

2017 年“双十一”，正赶上张雪刚的生日，《中国邮政报》记者特意录制了一个视频，作为生日礼物送给张雪刚。视频中，他的儿子面对记者的镜头，很懂事地说：“我爸爸工作很辛苦，我爸爸很厉害，在我心中他是个大英雄，很棒！”

儿子还在写给他的信中说：“爸爸妈妈，你们什么时候回来？我的同学们都好羡慕我有一个邮政爸爸。”

面对这份生日礼物，张雪刚说：“感谢邮政企业为我做的，我一定好好珍惜，一切辛苦都值了。”

张雪刚在广州邮政的故事，很好地诠释了“人生的扣子从一开始就要扣好”这句话。这也是习近平总书记在 2014 年五四青年节勉励广大青年的一句话。

作为一名有志青年，确实要迈好工作的第一步，扣好人生的第一粒扣子。

这 15 年来，张雪刚把工作中每一步都走得很稳健，从十佳投递员到营销高手，再到入党积极分子，他在工作上一次又一次地扣好了每一粒扣子，每一粒纽扣都扣得很正确，扣得很漂亮。

电影《一代宗师》里有句话：“功夫是什么？就是时间。”万丈高楼平地起，聚沙才能成塔。真正的成功，是从最不起眼、最基本的事情开始做，反复练习，才能打好坚实的基础。

这 15 年来，张雪刚从一个又一个不起眼的点滴做起，最终聚沙成塔。即使遇到困难，他也毫不退缩，坚守在最平凡的岗位，“不受尘埃半点侵，竹篱茅舍自甘心”，这就是他的“功夫”所在。

张雪刚是我们的同事，也是我们的师傅，他在教我们怎么扣好人生的第一粒扣子；他也是我们的引路人，在指引我们怎么扣好人生的每一粒扣子；他也是我们的榜样，他在给我们这些年轻人做示范——要练真本事，要做实干家！

谢嘉燕 现供职于广州番禺区小谷围街中心幼儿园。她认为幼儿教师是一所爱的港湾，坚持给予每个孩子爱、温暖和欢乐。

我的幼师成长路

我是一名幼儿园老师，从事幼教行业3年。常有同学朋友问：“你为什么会选择幼师，这不是你的风格啊？”“你为什么能在那里待那么久？”我总回答说：“我爸选的，爸爸在为我的未来打算，不求富贵只求一生简单平安。”以前，我是个特别没耐心的人，不喜欢孩子哭、闹，但学校两年的军事化管理改变了我，那时我的生活中只有弹、唱、跳、画、写和一大堆的专业课，课室、琴房、练功房让我收获到专业技能与知识，既然我能坚持18门课都优秀，为什么要放弃这个职业？

2015年5月25日，我和同伴们来到了广州番禺这个陌生的城市。从进入幼儿园开始，我们的角色将由学生转换到实习老师。感谢指导我的师姐和老师，总能快速解答我的问题。

回首我在小谷围街中心幼儿园的3年，如果你问我："这三年你学到了什么？"我肯定会回答我学会了"骗小孩"（能把控住孩子）。记得去年刚接手中二班时，小朋友对我说："谢老师，我喜欢你！因为你有新的游戏、新的东西。"

我吸引他们的方式是了解幼儿的差异，对症下药。从他们的兴趣出发，让吃货学着做豆浆、糍粑；让好动的男孩学习武术、轮滑、跆拳道、篮球；让爱美的女孩子学习扎漂亮的小辫子、制作小手工。

一路走来，感谢孩子们给了我精彩的回忆，感谢家长们的支持与理解，感谢同事对我成长的帮助。

我是一名幼师，从业时间虽短，但我年轻，愿意去学习、去成长，感恩一路有你们。

周佩欣 现供职于中国邮政集团公司广州市分公司。喜欢文字独有的抒缓气息，更喜欢用手中的笔谱写每个灵动的瞬间，让每个故事散发它独有的芬芳。

叶结英 现供职于中国邮政集团公司广州市分公司。一名性格开朗、有耐心、能吃苦耐劳、喜欢在工作中助人为乐的女汉子。在邮政客户服务中心工作十几年，把客服工作融入自己的生活，愿意继续用自己的专业知识帮助每个客户解决问题。

姑娘，你的声音很甜美

我是一名70后，在省“11185客服中心”工作，兄弟姐妹们都亲切地唤我“英妈”。记得刚参加工作时，看着一堆堆业务资料，感觉“压力山大”，很担心自己记不住这些内容，无法准确地答复每个客户。我每天在接听电话前，一定会检查麦克风接线有没有松，把音量调整到最合适，确认电脑上的业务界面已经打开，将填满内容的笔记本放在桌面上。之后，做好几次深呼吸，定定神，对着面前的镜子露出自信的微笑，然后才敢“开张”，接听客户来电。

日复一日地重复“开张”动作，认认真真地接听每一个电话，这就是那时作为新员工的我的全部工作。一天，我接到一位男客户的电话，他是查邮编的常客，对服务要求比较高。那天他查完邮编后突然问了我一句："请问你贵姓？"

"免贵姓叶。"我说。

他接着问："做客服工作多少年了？"

我心里有点忐忑，脑海里刹那间想了一万个可能，是不是我工作做得不够好？如果我解释得不好，会不会对企业形象有影响？最后，我还是选择实话实说："张先生，我从事客服工作已经有半年了。"

他说："姑娘，你的声音很甜美，服务态度很好。刚刚我问你贵姓，其实这是一个很简单的问题，但是却从来没有人可以回答得像你这么专业。"通过交谈，我才知道他是一名服务行业的讲师，他刚才在给我出考题。后来，他赠送了我们门票让我们去听他的课程。在他的培训课程中，我与这位先生的这段对话成为优秀客服如何真诚沟通的分享案例。

2018 年，是我在省"11185 客服中心"工作的第 18 个年头。我从一名普通的客服人员成长为部门业务员。从事客服工作时间久了，平时接听手机也会自然地使用职业用语，有时朋友向我咨询一些邮政业务问题，我还会习惯性问他们"请问还有其他需要可以帮您吗？""请对我的服务进行评分，谢谢"。这时，我会听到对方的笑声，我也忍不住笑了，谈话总在笑声中结束。

"姑娘，你的声音很甜美。"每每想到这位先生的表扬，我内心总是暖暖的。客服的核心工作是用心对话，我在日积月累的工作中不知不觉地养成待人彬彬有礼的习惯，我衷心感谢这份工作让我成长，让我在帮助别人的过程中找到存在的价值；感谢客户对我的肯定与赞扬，让我在客服的路上行走坚定、信心满满，不惧困难。

客服工作如诗歌所道——"尽管人间还不美满，世道还很坎坷。但生活却充满魅力，这不仅仅因为我们有的是阳光和流水，花朵和歌声，更因为有无处不在的友谊和希望。"

沈小明 现供职于广州交通投资集团有限公司机场高速路政大队。在路政岗位上尽忠职守，热情服务，甘当平凡铺路石，为广州建设大交通体系添砖加瓦。

平凡而不平淡的岗位

我叫沈小明，来自长征出发地——江西瑞金，1997年参军，在空降兵服兵役，军旅生涯长达五年。其间曾参加过1998年抗洪，1999年川西拉练及2000年三军联合演习。当兵不仅强健了我的体魄、锻炼了我的意志，更重要的是部队教会了我诚实待人，认真做事。

2004年我和大多数青年一样，满怀希望，南漂来到广州。当年10月份我应聘到机场高速路政大队，成为其中的一分子。到现在已十余年，回想这些年的路政工作，可以说是一路平凡。虽然我并没有干出轰轰烈烈的丰功伟绩，但我觉得自己依然是一名战士，在当班期间，无论是雨淋日晒，还是严寒酷暑，只要中心一声指令，我都会第一时间赶赴现场，处理问题。我经手处理的交通事故、路产索赔和收费纠纷等案件，没有因为我的判断和决策给公司造成损失，带来负面新闻，这让我感到很欣慰。

工作多年，让我印象深刻的是去年清明节发生的一件事。那天我上早班，中心通知太成出口有辆大巴车抗缴路费，接报后我迅速到场。很多人站在道路上，有人扬言不免路费就拉横幅封堵另外两条车道，有人说把媒体叫过来。我首先想到的是要稳住局面、管控现场，于是向他们出示了工作证，并迅速向收费站了解情况，得知他们是从广西过来扫墓的抗战老兵，要求免费通行，但公司没有相应的文件支持。

得知事情的来龙去脉后，我先让司机把车开出车道，我相信没有解决不了的问题。他们也对我的言行进行录音录像，并给我出示广西民政厅的批文，以及广西境内高速路段给予免费通行的凭据。看了批文后，我先对他们曾经为国家作出的卓越贡献表示感谢，并说理解他们现在的心情。我说我跟他们一样也是退役军人，遵守规章制度也是军人的品格。他们的车辆不在公司的免费范围内，我必须遵守上级的文件，否则工作人员不仅要自己垫付路费，还要挨处分。我给他们出示广东省高速公路免费通行车辆的相关文件，向他们详细解释了文件内容。听了我的解释后，他们表示理解和支持我的工作，并主动补缴了路费，避免了事态的升级和矛盾的激化。

这件事也使我认识到，沟通很重要，其实当兵的人最讲道理。这件事也给了我一些启发，做好路政工作，要坚持“一个中心”“五个基本点”，要以保安全、保畅通，维护公司路产路权为中心，牢记我是谁、我要什么、是什么、为什么、怎么做这五个基本点，既要坚持原则，又要结合实际，具体情况具体分析，因人而异，因事制宜，顾全大局，对症下药。同时也提醒我，在以后的工作中，要加强法律知识的学习，规范执法程序，完善执法装备，只有懂法才能更好地执法。

光阴似箭，岁月如梭。我伴随着机场高速路政大队走过了十四个春夏秋冬，见证了机场高速车流的日益增多，见证了公司的日益强大。有时夜深人静，我会问自己，这些年在公司最大的收获是什么，我想说是快乐，这份快乐源于我的工作能帮助那些最困难、最需要帮助的人；这份快乐源于每次亲历大事故都会给我心灵的洗礼、大脑的震撼；这份快乐更源于这里有一群志同道合的同事。我享受这份工作带给我的快乐，我的工作虽平凡但不平淡！

陈华英 现供职于广州市贸易职业高级中学，南粤优秀教师、广州市中等职业学校十佳班主任、广州市第三批骨干教师、广州市“中职先锋人物”、全国说课大赛一等奖获得者，广州市特约教研员，广州市财经商贸教研理事会理事，具有全国经济师资格证，是一名“双师型”职业教师。

我的职业梦旅

筑 梦

我从小就对教师这个职业有别样的情愫，多少跟母亲是老师有关系，妈妈希望我吃这碗饭，她的出发点很现实，女孩子做教师这行，职业稳定也还算体面，旱涝保收。妈妈做了一辈子小学一年级语文老师，启蒙了成千上万个孩子，对这个行业的辛酸和愉悦体会极深。周围的朋友有不少是妈妈的学生，据说妈妈满身的粉笔灰、平缓而温和的语气、总是充满鼓励的眼神在许多孩子心中留下了不可磨灭的童年印记，多年以后还让人感到温暖无比。说不上伟大，但看着妈妈一路走来总能收到感恩的回馈，我多少理解了一些这个职业对于孩子的深远意义。于是，在懵懂的少年时期，我便在心里埋下了一个“长大后我就成了你”的教师梦。

追 梦

初三毕业的时候，妈妈帮我报了师范中专，当时的中专录取分数比高中要高出许多，成绩不算拔尖的我，与师范失之交臂。总以为我的人生不会再跟教师有交集。高考时我考上财经大学会计系，一个我不喜欢、不适合的专业，大专毕业后，我不甘心在企业里混日子，决心去考专升本，以社会人员的身份考进了一所师范大学的经济系。搬着行李在师大门口前抬头仰望，这时我坚信，命运若有注定，拐多少个弯，终究是要回到原点的。重返校园的我比同窗更为珍惜再学习的机会，明确了自己未来的职业发展方向，也知道自己即将肩负什么，无论是授课基本功，还是职业教育的发展趋势，我总比别人了解得多，多一点刻苦。凭着名列前茅的毕业成绩和优秀实习生的称号，我终于顺利地谋到一份专业对口的教师工作。毕业时，仰望晴空，满腔抱负的热血青年，对职业之路充满期冀和憧憬。做怎样的一个职业教育工作者？有点模糊，又有某些坚定，比如责任。追梦之旅，就此拉开帷幕。

梦 碎

职业教育的另类“辛辣”，给身为热血青年的我浇了一盆冷水。不是你充满鼓励的眼神就能挽回的自信，不是你殷切的关怀就能轻易打动的心，不是你循循善诱就能说通的道理。或倔强嚣张，或怒目相向，或不敬无畏的冷言冷语，或卑微闪躲的眼神，寒意直刺血管，热血冷却，半身麻痹。“可恶之人，必有可怜之处”，不难找到根源，中考失利、自暴自弃，家庭离异、疏于照顾，不少孩子背后都有让人揪心不已的故事。年轻气盛、急躁稚嫩又欠缺技巧的自己，越是想掩饰无措，越是显得僵硬，时而会有激烈的冲突，时而会面对无动于衷的冷漠。教书无升学成就感，育人是无效的挫败感，渐而有之的职业倦怠和职业焦虑扑面而来，梦想无比丰满，现实却如此骨感，听到内心有什么东西碎了一地。

梦 圆

沮丧曾经一度占据着上风，能不能胜任这个职业？它的事业高度有多高？有过站在十字路口的彷徨和纠结。说不清是什么力量让我选择了前行。跨过了那个路口，有种豁然开朗的感觉。年岁的增长和阅历的丰富，以及升为人母后对生命和生活的重新理解，都让我开始以不一样的心态去面对我的工作。

有师长的立场，似长辈的引领，像朋友的平等，如姐姐的知心；有条不紊的工作思路、足够真诚的情感付出、共同进退的决心让这些孩子从内心去真正接受这样一个人。一起经历的军训、校运会、考证、文艺汇演，毕业抉择，那些鞭策、鼓励、信任，让他们找到属于自己的舞台，找回曾经不在甚至从来没有的自信，让他们相信人生成功的道路绝不止那一条，职中生也有灿烂的春天。

原来职业成就不是只在学生金榜题名时，他们因为心怀信任对你推心置腹，他们因为日渐成熟而学会了与人和善，他们因为学有所成而对未来笃定信心，这些都让人倍感欣慰。

中国梦有多大？那需要用一个民族来承载。我的职业梦有多远？那需要用我的一生来回答……

梁翠芬 现供职于广州番禺区石碁教育工会。自2015年大学本科毕业后，一直投身于教育事业。从教以后，一直遵循着“用心教学，真诚育人”的教学理念，多次带领学生参加作文竞赛并取得优异成绩。业余爱好是阅读，对文学情有独钟。

背 影

火辣辣的太阳高挂在蔚蓝的天空，没有白云的映衬，天空蓝得深邃。没有一点风，空气中氤氲着稻子的香味。老汉坐在田边，整张脸像水洗过一样，湿哒哒的。汗水早已浸湿他的背心，他看了看坐在旁边一直闷闷不乐的女儿。是啊！的确难为她了，老汉想着。女儿在大城市的学校从事教学工作，本来干的是轻松活。可是父亲执意不愿荒废家里的三分农耕地，每年都坚持耕种水稻，可偏偏田边是一条大河，过河只有一道木桥，收割机无法抵达。父亲是农民，大半辈子在田里耕地，舍不得花半分钱请人收割，女儿不忍父亲一人辛劳，只好请假回家帮助父亲。

老汉喝了一口茶，说：“你先回去吧！这些粗活你做不习惯。”说完把水壶递给女儿。女儿接过水壶，喝了一口茶。她并没有接过老汉的话。她希望现在能来一场暴风雨，让雨水给这灼热的土地一点点清凉；让干裂的土地能得到一丝滋润。然而，一切都是泡影，太阳依然高挂天空。她开始抱怨父亲的固执，为什么要坚持种地？家里不愁吃不愁穿。周围都是荒废了的农田，别人都弃耕了，为什么我的父亲要坚持？真是一个怪人！自讨苦吃。心里想着，可还是不由自主地弯下腰，一株一株地割起水稻来。

老汉慢慢地走到打谷机前，把绑在打谷机上的绳子搭在肩上。他试图往前拉，可是地太干了，打谷机太重了，他用力拉了几遍，打谷机还是一动不动。女儿回头看见了，心不由得震了一下，走过去帮忙。老汉猫着腰，粗糙的麻绳在他肩上摩擦。“一、二、三！推。”老汉喊着。女儿在身后看着父亲的背影。她记得儿时父亲是高大而结实的，所以她觉得父亲是屹立不倒的大山。

现在，眼前的父亲是瘦弱的，岁月给这位勤勤恳恳工作的农民留下了艰苦的痕迹，他手上的茧是劳动的见证，他额上的皱纹是汗水的烙印。父亲是农民，这片土地滋养了他，滋养了他家中的每一个人。父亲深深热爱着这片土地，所以今天生活富足的他，也不丢弃这片土地，不愿意让它杂草丛生。他更不愿意丢弃自己一生都在言传身教的勤劳品质。女儿瞬间明白了什么，她叫住父亲，说：“爸，您辛苦了！歇歇再做吧！”说完，递给父亲水壶，老汉接过水壶，慢慢走开。

父亲安静地坐在田边，在阳光的照耀下，女儿看到父亲的背影在闪闪发光。